TRANZLATY

La Langue est pour tout le Monde

语言属于每个人

La Métamorphose

变形记

Franz Kafka

弗朗茨·卡夫卡

Français

普通话

www.tranzlaty.com

Première partie
第一部分

Gregor Samsa se réveilla un matin après des rêves agités.

一天早晨，格里高尔·萨姆沙从不安的梦中醒来。

Il se retrouva dans son lit, incapable de bouger.

他发现自己躺在床上，却动弹不得。

Il avait été transformé en un monstre vermineux.

他变成了一只可怕的害虫。

Il était allongé sur le dos, une carapace dure comme une armure.

他仰面躺着，皮肤坚硬如盔甲。

En relevant légèrement la tête, il pouvait voir son ventre.

他稍微抬起头，就能看到自己的肚子。

Mais son ventre était bombé et divisé en segments.

但他的肚子是圆顶状的，并且分成了好几节。

La couverture reposait sur son ventre arrondi.

毯子盖在他圆滚滚的肚子上。

Mais la couverture était sur le point de glisser complètement.

但毯子几乎要完全滑落下来了。

Ses jambes étaient pitoyables comparées à leur taille habituelle.

与他平时的腿相比，他的腿显得很细小可怜。

Et ses nombreuses pattes s'agitaient impuissantes devant ses yeux.

他眼前许多条腿无助地闪烁着。

« Que m'est-il arrivé ? » se demanda-t-il.

"我这是怎么了？"他心想。

Mais ce n'était pas un rêve dont il ne pouvait se réveiller.

但这并非一场他无法醒来的梦。

Il se trouvait bel et bien dans sa propre chambre.

他发现自己确实身处自己的房间。

Une vraie chambre pour des humains, mais un peu trop petite.

确实是一间适合人居住的房间，只是稍微小了一点。

Il gisait tranquillement entre les quatre murs bien connus.

他静静地躺在四面熟悉的墙壁之间。

Sur la table se trouvait une collection d'échantillons de textiles.

桌上摆放着一些纺织品样品。

Samsa était un vendeur ambulant, d'où les échantillons.

萨姆萨是一名旅行推销员，所以才有了这些样品。

Au-dessus des échantillons de textile désassemblés se trouvait une image.

在拆解后的纺织品样品上方挂着一张图片。

Il avait récemment découpé la photo dans un magazine.

这张照片是他最近从杂志上剪下来的。

Il avait placé le tableau dans un joli cadre doré.

他把这幅画装裱在一个漂亮的镀金画框里。

Le tableau encadré représentait une dame assise bien droite.

裱框的画作描绘了一位端坐的女士。

Elle portait un chapeau de fourrure et un manchon de fourrure.

她戴着一顶皮帽，还拿着一个皮手筒。

Elle levait la main en direction du spectateur.

她举起手，指向照片的观看者。

Son avant-bras entier disparaissait dans son épais manchon de fourrure.

她的整个前臂都消失在厚厚的皮毛手筒里。

Gregor regarda par la fenêtre le temps maussade.

格里高尔透过窗户望着阴沉的天气。

On pouvait entendre les grosses gouttes de pluie frapper la fenêtre.

可以听到雨滴猛烈地敲打窗户的声音。

Le temps gris le rendait très mélancolique.

阴沉的天气让他感到非常忧郁。

« Et si je dormais un peu plus longtemps ? » pensa-t-il.

"要不我再睡一会儿吧？"他心想。

« Dormir davantage m'aiderait peut-être à oublier ces bêtises. »

"多睡一会儿或许能让我忘记这些无聊事。"

Mais dormir plus longtemps était totalement impossible.

但再睡下去就完全不可能了。

Parce qu'il avait l'habitude de dormir sur le côté droit.

因为他习惯右侧卧睡。

Mais son état actuel l'empêchait d'effectuer ses mouvements habituels.

但他目前的状况使他无法像往常那样行动。

Il n'avait aucun moyen de se retrouver dans cette situation.

他根本不可能让自己陷入这种境地。

Il fit de son mieux pour se jeter sur son côté droit.

他竭尽全力向右侧翻身。

Il a probablement tenté ce mouvement une centaine de fois.

他可能尝试过这个动作一百次。

Mais il revenait toujours en position couchée sur le dos.

但他总是会摇晃着回到仰卧的姿势。

Il ferma les yeux pour ne pas voir ses jambes qui s'agitaient.

他闭上眼睛，不去注意自己不安分的双腿。

Finalement, la douleur l'a empêché de réessayer.

最终，疼痛让他放弃了再次尝试的念头。

Une douleur sourde au flanc qu'il n'avait jamais ressentie auparavant.

他侧腹传来一阵钝痛，这是他以前从未有过的感觉。

« Oh mon Dieu », pensa désespérément Gregor Samsa.

"哦，上帝啊，"格里高尔·萨姆沙绝望地想。

« Quel métier pénible j'ai choisi ! »

"我给自己选择了一份多么辛苦的职业啊！"

« Je dois voyager tous les jours pour le travail. »

"我每天都要出差工作。"

« Le travail de bureau est beaucoup plus facile que le travail sur la route. »

"办公室工作比出差工作轻松得多。"

« Et j'ai la malédiction de devoir voyager constamment. »

"而我则不幸地不得不四处奔波。"

« Toutes ces inquiétudes liées au fait d'être à l'heure pour les trains. »

"所有关于能否准时赶上火车的担忧。"

« Mes horaires de repas sont irréguliers et la nourriture est mauvaise. »

"我的用餐时间不规律，而且饭菜也不好吃。"

« Mes amis changent constamment de ville. »

我的朋友总是随着城镇而变化。

« Mes interactions sont froides et professionnelles. »

"我与他人的互动冷淡而公事化。"

«Que le diable s'amuse avec ce genre de travail !»

"让魔鬼来做这种工作吧！"

Il ressentit une légère démangeaison en haut de l'estomac.

他感觉腹部上方有点痒。

Il s'appuya contre le montant du lit, le dos contre le sol.

他用背部抵住床柱。

Il voulait pouvoir mieux lever la tête.

他希望自己能更好地抬起头。

Il a trouvé l'endroit qui le démangeait.

他找到了让他发痒的地方。

Sa tête semblait recouverte de petits points blancs.

他的头上似乎布满了白色小点。

Il ne pouvait pas dire ce que représentaient ces petits points blancs.

他无法分辨这些小白点是什么。

Il avait prévu de toucher l'endroit avec une de ses jambes.

他原本计划用一条腿触碰那个地方。

Mais lorsqu'il toucha l'endroit, il ressentit un étrange frisson.

但当他触摸到那个地方时，却感到一阵奇怪的寒意。

Il a donc immédiatement retiré sa jambe.

于是他立刻把腿从原地抽了回来。

Il n'avait d'autre choix que d'accepter cette sensation de démangeaison.

他别无选择，只能接受这种瘙痒的感觉。

Et il reprit sa position initiale dans le lit.

他又回到了之前在床上的姿势。

«Se réveiller si tôt rend vraiment stupide.»

"早起真的会让人变笨。"

« Un homme doit dormir suffisamment », pensa-t-il.

"人一定要保证充足的睡眠，"他心想。

« Les autres représentants de commerce mènent une vie de luxe. »

"其他旅行推销员过着奢华的生活。"

« Le matin, je transfère les ordres que j'ai reçus. »

"早上我会把收到的订单转过去。"

« Pendant ce temps, ces messieurs prennent encore leur petit-déjeuner. »

"与此同时，那几位先生还在享用早餐。"

« Imaginez un peu si j'essayais de faire ça avec mon patron. »

"想象一下，如果我对老板这么做会怎样。"

«Il me licenciait avant même que j'aie fini mon petit-déjeuner.»

“我还没吃完早饭他就会把我解雇。”

« Mais ce ne serait peut-être pas le pire non plus. »

“但或许那也不是最糟糕的事。”

«Le problème, c'est que mes parents me freinent.»

“问题是我的父母拖了我的后腿。”

« Sans eux, j'aurais déjà démissionné. »

“要不是因为他们，我早就辞职了。”

« J'aurais tenu tête au patron et je lui aurais dit. »

“我会站出来和老板理论。”

« Je dirais exactement ce que je pense de lui et de son travail. »

“我会直言不讳地表达我对这个人以及这份工作的看法。”

« Il tomberait de son bureau si je lui racontais tout ! »

“如果我把一切都告诉他，他会从桌子上摔下来的！”

« Sa façon de s'asseoir à son bureau est très étrange. »

“他坐在办公桌前的姿势很奇怪。”

« Sa façon de parler à ses subordonnés n'est pas correcte. »

“他对待下属的方式不对。”

« Et le pire, c'est que son ouïe est très mauvaise. »

“最糟糕的是，他的听力很差。”

«Vous n'avez donc pas d'autre choix que de vous asseoir très près de lui.»

所以你别无选择，只能坐在他旁边。

« Cela dit, l'espoir n'est pas encore totalement perdu. »

“但即便如此，希望也还没有完全破灭。”

« Je vais économiser cet argent pour rembourser les dettes de mes parents. »

“我会把钱存起来，用来还清父母的债务。”

« Je ne peux rien faire tant qu'ils lui doivent de l'argent. »

“只要他们还欠他钱，我就什么也做不了。”

« Mais une fois la dette remboursée, je le ferai sans aucun doute. »

"但是等债务还清后，我一定会做的。"

« Cela prendra probablement encore cinq à six ans. »

"可能还需要五到六年时间。"

« Oui, alors la grande séparation aura certainement lieu. »

"是的，那么肯定会出现大分裂。"

« Pour le moment, je dois me lever. »

"不过，眼下我必须起床了。"

« Parce que mon train part à cinq heures. »

"因为我的火车五点钟就要出发了。"

Gregor regarda le réveil qui tic-tac sur la table.

格里高尔看着桌上滴答作响的闹钟。

« Père céleste ! » pensa-t-il en regardant l'heure.

"天父啊！"他看着时间心想。

Six heures et demie étaient déjà passées sans qu'on s'en aperçoive.

六点半已经悄然过去了。

Et les aiguilles de l'horloge continuaient d'avancer d'elles-mêmes.

时钟的指针不停地向前移动。

Et il était presque sept heures quarante-cinq.

现在时间已经接近七点四十五分了。

« Peut-être que le réveil n'a pas sonné ? » pensa-t-il.

"也许闹钟没响，没把我吵醒？"他想。

Depuis son lit, Gregor inspecta le réveil.

格里高尔躺在床上，看了看闹钟。

Le réveil était correctement réglé sur quatre heures.

闹钟已正确设定为四点钟。

Il ne pouvait pas l'expliquer, mais l'alarme avait dû sonner.

他无法解释，但警报肯定响了。

« Comment ai-je pu dormir sans m'en rendre compte après avoir entendu le réveil ? »

"我怎么会睡过头而不知道闹钟响了呢？"

Quand elle sonne, l'alarme fait même trembler les meubles.

警报响起时，甚至会震动家具。

Il savait que son sommeil n'avait pas été du tout paisible.

他知道自己的睡眠一点也不安稳。

Mais c'est peut-être pour cela que son sommeil était beaucoup plus profond.

但或许正因如此，他的睡眠才更深沉。

Il devait réfléchir à ce qu'il devait faire maintenant.

他必须好好想想接下来该怎么办。

Le train suivant ne partait qu'à sept heures.

下一班火车要到七点才发车。

Prendre ce train serait quasiment impossible.

赶上那趟火车几乎是不可能的。

Et il n'avait pas encore emporté les textiles dont il avait besoin.

他还没打包所需的纺织品。

Il ne se sentait pas particulièrement frais et agile non plus.

他感觉自己也不太精神，行动也不太敏捷。

Il y avait peut-être une chance de monter dans le train.

或许还有机会搭上火车。

Mais une réprimande du patron était inévitable de toute façon.

但无论如何，老板的训斥都是不可避免的。

Le commis aurait pris le train de cinq heures.

店员本可以搭乘五点钟的火车。

Le commis de bureau était une créature sans envergure, à la solde du patron.

那个办公室职员是老板的走狗，毫无骨气。

L'absence de Gregor aurait donc déjà été signalée.

所以格雷戈尔的缺席应该已经被报告了。

« Et si je me faisais porter malade ? » se demandait Gregor.

"如果我打电话请病假呢？"格雷戈尔正在考虑。

Mais ce serait extrêmement embarrassant et suspect.

但那样做会非常尴尬，而且令人怀疑。

Gregor n'avait jamais été malade pendant la période où il avait travaillé là-bas.

格雷戈尔在那里工作期间从未生过病。

Et il leur avait déjà consacré cinq années de service.

他已经为他们服务了五年。

Il y avait de fortes chances que le patron vienne prendre de ses nouvelles.

老板很可能会来查看他的情况。

Il amènerait probablement le médecin de l'assurance maladie.

他可能会带医保医生来。

Et il blâmait les parents pour la paresse de leur fils.

他会把儿子的懒惰归咎于父母。

Ils ne pourraient formuler aucune objection à son égard.

他们无法对他提出任何异议。

Car pour lui, il n'y avait que deux sortes de travailleurs.

因为在他看来，工人只有两种。

Soit les ouvriers étaient en parfaite santé, soit ils rechignaient à travailler.

要么工人身体完全健康，要么他们懒惰成性。

Et aurait-il même tort dans cette analyse de base ?

他在这种基本分析上真的会错吗？

Assurément, dans ce cas précis, son argument était solide.

当然，就此事而言，他的论点很有说服力。

Malgré son apparence, Gregor se sentait en réalité plutôt bien.

尽管格里高尔看起来有些憔悴，但他实际上感觉很好。

Ce long sommeil inutile l'avait rendu un peu somnolent.

不必要的长时间睡眠让他有些昏昏欲睡。

Mais à part ça, il ne pouvait pas se plaindre de maladie.

但除此之外，他没有其他不适症状。

Il ressentait même une faim particulièrement forte et saine.

他甚至感到了一种特别强烈而健康的饥饿感。

Tandis qu'il nourrissait ces pensées, l'horloge sonna de nouveau.

他正想着这些事时，时钟又敲响了。

Selon l'alarme, il était alors sept heures moins le quart.

根据警报声，现在是七点四十五分。

Et maintenant, on frappa doucement à la porte.

这时，门上传来轻轻的敲门声。

« Gregor », l'appela quelqu'un – c'était sa mère.

"格雷戈尔，"有人叫他——是他的母亲。

« Il est sept heures moins le quart », a-t-elle confirmé en entendant l'alarme.

"现在是七点四十五分，"她确认了警报。

« Tu ne voulais pas partir ? » demanda la douce voix.

"你不想离开吗？"温柔的声音问道。

Gregor eut peur en entendant sa voix répondre.

格里高尔听到自己的声音回答时，吓坏了。

Sa voix était toujours la même.

那声音还是他一直以来的声音。

Mais une nouvelle sonorité s'était désormais mêlée à sa voix.

但他的声音里现在混杂着一种新的声音。

Un couinement douloureux s'échappa également du plus profond de lui.

他内心深处也发出了一声痛苦的呻吟。

Au début, sa voix semblait former des mots avec clarté.

起初，他的声音似乎能清晰地组成词语。

Mais alors, Gregor entendit l'écho mental de sa voix.

但随后格里高尔听到了他声音的回声。

L'enregistrement de sa voix s'est interrompu de façon étrange.

他的声音录音出现了奇怪的断断续续的情况。

Et il n'était pas sûr d'avoir bien entendu.

他不太确定自己是否听得没错。

Gregor éprouvait un profond désir de donner une réponse détaillée.

格里高尔很想给出详细的答案。

Il voulait tout expliquer clairement à sa mère.

他想把一切都清楚地解释给母亲听。

Mais, compte tenu des circonstances, il devait se limiter.

但是，鉴于当时的情况，他不得不克制自己。

Et sa réponse fut beaucoup plus brève qu'il ne l'aurait souhaité.

他的回答比他预想的要简短得多。

"Oui maman, ne t'inquiète pas, merci, je suis déjà levée."

"好的，妈妈，别担心，谢谢，我已经起来了。"

La porte en bois a probablement contribué à étouffer sa voix.

木门可能起到了一定的隔音作用。

À l'extérieur, le changement dans la voix de Gregor est resté inaperçu.

外界并没有注意到格里高尔声音的变化。

La mère semblait satisfaite de son explication.

母亲似乎对他的解释感到满意。

Et elle repartit aussi discrètement qu'elle était venue.

她像来时一样悄无声息地离开了。

Mais cette petite conversation a eu un effet indésirable.

但这段简短的谈话却产生了意想不到的后果。

Il a attiré l'attention des autres membres de la famille.

他引起了其他家庭成员的注意。

Gregor était toujours chez lui et n'était pas allé travailler.

格里高尔仍然待在家里，没有去上班。

Et maintenant, le père frappa lui aussi à la porte de côté.

这时，父亲也敲了敲侧门。

Il frappa faiblement, mais avec détermination, du poing.

他用拳头轻轻敲了敲，虽然力度不大，但语气坚定。

« Gregor, Gregor », appela-t-il, « quel est le problème ? »

"格里高尔，格里高尔，"他喊道，"出什么事了？"

Au bout d'un moment, il avertit de nouveau d'une voix plus grave.

过了一会儿，他用更低沉的声音再次警告道。

Mais la sœur frappa alors à la porte de l'autre côté.

但现在，妹妹敲响了另一扇门。

« Gregor ? Tu ne te sens pas bien ? » demanda-t-elle doucement.

"格雷戈尔？你身体不舒服吗？"她轻声问道。

« Avez-vous besoin de quelque chose ? » demanda-t-elle, inquiète.

她关切地问道："你需要什么吗？"

Gregor a répondu aux deux parties : « J'ai déjà terminé. »

格里高尔对双方都回答说："我已经完成了。"

Il avait fait de son mieux pour prononcer tous les mots avec soin.

他尽力将每个字都发音清晰。

Et il a gommé tout ce qui était ostentatoire dans sa voix.

他抹去了声音中所有明显的特征。

Le père semblait également satisfait de la réponse.

父亲似乎也对这个答案感到满意。

Et il retourna à son petit-déjeuner inachevé.

于是他又回去继续吃他还没吃完的早餐。

Mais la sœur murmura : « Gregor, ouvre la bouche, je t'en supplie. »

但妹妹低声说："格雷戈尔，开门，求求你。"

Mais son inquiétude à son égard ne parvenait en rien à l'émouvoir.

但她对他的关心丝毫没能打动他。

Gregor n'avait aucune intention de lui ouvrir la porte.

格里高尔根本没打算为她开门。

Ses voyages lui avaient permis d'acquérir certaines habitudes de prudence.

他因旅行而养成了一些谨慎的习惯。

Et il se félicita d'avoir verrouillé les portes.

他为自己锁好门而沾沾自喜。

Il voulait d'abord se lever tranquillement, à son propre rythme.

他一开始只想安静地按照自己的节奏起床。

Et, sans être dérangé, il voulut s'habiller.

他不想被打扰，只想穿好衣服。

Cela étant fait, il voulut ensuite prendre son petit-déjeuner.

完成这件事后，他想吃早餐。

Ce n'est qu'alors qu'il a souhaité examiner la situation plus en détail.

直到那时，他才想进一步考虑这个问题。

Il savait qu'il était inutile de faire des projets au lit.

他知道在床上制定计划毫无用处。

Il serait impossible de parvenir à une conclusion sensée.

得出合理的结论是不可能的。

Il lui était déjà arrivé de se réveiller avec de légères douleurs.

他以前也曾有过几次醒来时感到轻微疼痛的情况。

Ces douleurs se sont toujours révélées être de pures inventions de l'imagination.

这些痛苦最终都被证明只是想象出来的。

En me levant du lit, la douleur disparaissait invariablement.

起床后，疼痛通常会消失。

Il était curieux de voir ce qu'il adviendrait de ces idées.

他很好奇这些想法最终会如何发展。

Le changement de sa voix était probablement dû à un rhume.

他声音变声可能是感冒引起的。

Le rhume est un risque professionnel courant pour les voyageurs.

感冒对旅行者来说只是职业病而已。

Il ne doutait pas que c'était l'explication logique.

他毫不怀疑这就是合乎逻辑的解释。

Il s'est facilement dégagé de la couverture.

他轻而易举地就把毯子从身上拿开了。

Il lui suffisait d'inspirer et de se gonfler.

他只需要吸气，让自己膨胀起来。

La couverture glissa de son corps et tomba sur le sol.

毯子从他身上滑落，掉在了地板上。

Son corps incroyablement large rendait d'autres choses difficiles.

他极其宽阔的身躯给其他事情带来了困难。

Il aurait eu besoin de bras et de mains pour se tenir debout.

他需要手臂和双手才能站起来。

Mais il n'avait plus les membres qu'il avait autrefois.

但他已经失去了以前那样的四肢。

Au lieu de bras et de mains, il avait plein de petites jambes.

他没有胳膊和手，却长着许多小腿。

Et ses jambes bougeaient sans cesse, sans qu'il puisse les contrôler.

他的双腿不受控制地不停地动。

Il a essayé de plier une jambe, mais au lieu de cela, elle s'est étirée.

他试图弯曲一条腿，结果腿却伸直了。

Il parvint finalement à contrôler une jambe.

他终于控制住了一条腿。

Mais ensuite, le mouvement des autres pattes a été libéré.

但随后另一条腿的动作也停止了。

Et toutes ses jambes frémissaient d'excitation extrême.

他兴奋得双腿都抽搐起来。

Il a d'abord voulu sortir le bas de son corps du lit.

他首先想把下半身从床上挪下来。

Mais il n'avait pas encore vu le bas de son corps.

但他其实还没有看到自己的下半身。

Et de toute façon, déplacer cette pièce s'est avéré trop difficile.

而且事实证明，移动这部分实在太困难了。

Finalement, de toutes ses forces, il fit un geste audacieux.

最后，他用尽全力，做出了一个大胆的举动。

Sans plus hésiter, il s'avança.

他不再犹豫，向前迈了一步。

Mais il avait choisi la mauvaise direction.

但他选错了前进的方向。

Il s'est violemment cogné le corps contre le montant inférieur du lit.

他猛地用身体撞击床柱下方。

La douleur brûlante qu'il ressentait lui a appris une précieuse leçon.

他所感受到的灼痛教会了他一个宝贵的教训。

La partie inférieure de son corps était peut-être plus sensible.

他身体的下半部分可能更敏感。

Il a donc commencé par sortir le haut de son corps du lit.

所以他先试着把上半身从床上抬起来。

Il tourna prudemment la tête dans la bonne direction.

他小心翼翼地把头转向正确的方向。

Et bientôt, sa tête se retrouva face au bord du lit.

很快，他的头就朝向了床边。

Ce mouvement prudent lui était en réalité facile.

这种谨慎的举动对他来说其实很容易。

Et sa largeur et son poids ne l'empêchaient pas de se déplacer.

他的体型和体重并没有阻止他的移动。

La masse de son corps suivit lentement le mouvement de sa tête.

他的身体重心缓缓地随着头部转动而移动。

Mais ensuite, il a passé la tête au-dessus du bord du lit.

但他随后将头伸出床边。

Et il dut faire face à une nouvelle peur à laquelle il n'avait pas encore pensé.

他还面临着一种他之前从未想过的恐惧。

Poursuivre dans cette voie pourrait s'avérer dangereux.

继续这样下去可能会很危险。

Il pensait qu'il allait simplement se laisser tomber.

他原本以为自己会就此坠落。

Mais ce serait un miracle s'il ne s'était pas blessé à la tête.

但如果他没伤到头部，那简直就是个奇迹。

Ce n'était pas le moment de risquer de perdre connaissance.

现在绝不是冒着失去意识的风险的时候。

Finalement, il vaudrait peut-être mieux rester au lit.

或许待在床上才是最好的选择。

Mais il devait ensuite faire le même effort pour revenir.

但之后他又不得不付出同样的努力才能回去。

Après tous ces efforts, il était allongé là, exactement comme avant.

费了九牛二虎之力，他最终还是像之前一样躺在那里。

Et maintenant, ses jambes semblaient encore plus en colère qu'elles ne l'avaient été.

现在他的双腿似乎比之前更加愤怒了。

Les mouvements de sa jambe étaient devenus encore plus incontrôlables.

他的腿的动作变得更加无法控制了。

Il ne voyait aucun moyen de sortir de la situation dans laquelle il se trouvait.

他觉得自己根本无法摆脱目前的困境。

Il était impossible de faire émerger la paix et l'ordre de ce chaos.

这场混乱无法带来和平与秩序。

Mais il savait que rester au lit n'était pas une option non plus.

但他知道，待在床上也不是个办法。

Tout sacrifier était l'option la plus sensée.

牺牲一切是最明智的选择。

Il s'accrochait au moindre espoir de pouvoir se lever.

他仍然抱有一丝希望，希望能起床。

S'il y parvenait, tous les risques en auraient valu la peine.

如果他成功了，那么所有的风险都将是值得的。

Mais il se souvenait aussi d'autre chose en même temps.

但与此同时，他也想起了另一件事。

« Mieux vaut réfléchir sereinement que de prendre des décisions désespérées. »

冷静思考胜过仓促做决定。

Il concentra tous ses efforts sur la fenêtre.

他竭尽全力将目光集中在窗外。

Mais ce qu'il vit ne lui insuffla guère de confiance ni de joie.

但他所看到的景象并没有给他带来多少信心和喜悦。

La brume matinale enveloppait toute la rue étroite.

晨雾笼罩着整条狭窄的街道。

Le réveil sonna à nouveau ; il était maintenant sept heures.

闹钟又响了；现在是七点钟。

« Il est déjà sept heures et il y a encore un épais brouillard. »

"现在已经七点了，雾还是这么大。"

Il resta un moment allongé, immobile, respirant faiblement.

他静静地躺了一会儿，呼吸微弱。

Un peu de calme permettrait peut-être de retrouver une certaine normalité.

或许平静下来能带来一些正常感。

Un silence complet pourrait engendrer les conditions réelles.

完全的沉默可能会揭示出真实的情况。

Mais avant que l'horloge ne sonne à nouveau, il rompit le silence.

但就在时钟再次敲响之前，他打破了沉默。

«Avant que l'horloge ne sonne à nouveau, je dois être levé.»

"在时钟再次敲响之前，我必须起床。"

« Je dois absolument être complètement levé à ce moment-là. »

"到那时我必须完全起床。"

« Après 19h15, le bureau enverra quelqu'un. »

"七点一刻以后，办公室会派人过来。"

"Parce que le bureau ouvrait avant sept heures."

因为办公室七点前就开门了。

Et il commença alors à se balancer hors du lit.

然后他开始摇晃身体，从床上滚了下来。

Il avait cessé de se concentrer sur le haut ou le bas de son corps.

他已经不再专注于锻炼自己的上半身或下半身。

Il fallut sortir tout son corps du lit.

他的整个身体都离开了床面。

Tomber de cette façon devrait protéger sa tête, pensa-t-il.

他心想，这样摔下去应该能保护头部。

Il avait prévu de relever la tête lorsqu'il toucherait le sol.

他原本计划在落地时抬起头。

Son dos semblait suffisamment robuste pour encaisser le choc.

他的背部肌肉似乎很硬，足以承受冲击。

Et le tapis était là pour amortir l'atterrissage.

地毯的作用是缓冲落地时的冲击力。

Ce qui le préoccupait le plus, cependant, c'était le bruit assourdissant.

然而，他最担心的是巨大的噪音。

Le bruit fracassant effrayerait tous les occupants de la maison.

那声巨响会吓到屋里的所有人。

Peut-être que le bruit fort ne les terrifierait pas.

或许他们不会被巨大的噪音吓到。

Mais ils seraient certainement inquiets s'ils l'apprenaient.

但如果他们听到这个消息，肯定会感到担忧。

Mais il fallait prendre le risque d'attirer l'attention.

但必须承担引起关注的风险。

La nouvelle méthode s'apparentait davantage à un jeu qu'à un effort.

这种新方法与其说是一种努力，不如说更像是一场游戏。

Il devait balancer son corps par mouvements brusques et saccadés.

他不得不以突然而剧烈的动作摇晃身体。

Gregor était déjà à moitié sorti du lit.

格里高尔已经半个身子下了床。

Une nouvelle idée venait de lui traverser l'esprit.

他突然想到一个新主意。

« Tout serait si facile si quelqu'un venait à mon secours. »

"如果有人能帮我，一切都会变得简单得多。"

« Deux personnes fortes suffiraient amplement. »

"两个身强力壮的人就完全足够了。"

Son père et la servante seraient assez forts.

他的父亲和女佣应该足够强壮。

Il leur suffirait de glisser leurs bras sous son dos.

他们只需要把胳膊伸到他背下就行了。

Et ensuite, ils pourraient facilement le sortir du lit.

然后他们就能轻易地把他从床上拖下来。

Peut-être auraient-ils dû réduire son poids progressivement.

或许他们得慢慢地帮他减轻体重。

Alors, espérons-le, les jambes auraient trouvé leur utilité.

希望到那时，这些腿就能找到它们的用途了。

« Ne serait-il pas préférable, après tout, de demander de l'aide ? »

"难道寻求帮助不是更好吗？"

Le problème, bien sûr, c'est qu'il avait verrouillé les portes.

问题当然在于他把门锁上了。

Il y avait quelque chose dans cette idée qui le chatouillait.

这个想法让他觉得有点痒痒的。

Et malgré ses difficultés, il ne put réprimer un sourire.

尽管他身处困境，却还是忍不住露出笑容。

Il était déjà sur le point de perdre l'équilibre.

他当时已经快要失去平衡了。

Chaque balancement le rapprochait un peu plus du moment où il basculerait du lit.

每一次摇摆都让他离从床上摔下去更近一步。

Il allait bientôt devoir prendre la décision finale.

他很快就要做出最终决定了。

Dans cinq minutes, il serait sept heures et quart.

再过五分钟就七点一刻了。

Tandis qu'il était plongé dans ces pensées, la sonnette retentit.

他正想着这些事情时，门铃响了。

« C'est quelqu'un du bureau », se dit-il.

"那是办公室里的人，"他自言自语道。

Et il fut presque paralysé de peur à cause du visiteur.

访客的出现让他几乎吓得动弹不得。

Ses jambes s'agitaient encore plus sauvagement qu'auparavant.

他的双腿比之前跳得更加剧烈了。

Mais ensuite, pendant un instant, tout resta silencieux.

但随后，一切都安静了下来。

« Ils n'ouvriront pas la porte », se dit Gregor.

"他们不会开门的，"格里高尔自言自语道。

Il était encore prisonnier d'un espoir insensé.

他仍然抱有某种毫无意义的希望。

Mais ensuite, bien sûr, la bonne s'est dirigée vers la porte.

当然，随后女佣就走到了门口。

Et, comme toujours, elle ouvrit la porte au visiteur.

她像往常一样为访客打开了门。

Gregor n'avait besoin d'entendre que les premiers mots de bienvenue du visiteur.

格里高尔只需要听到访客的第一句问候。

Il a tout de suite compris qui était venu le chercher.

他一眼就认出是谁来救他的。

Le chef de bureau en personne était venu prendre des nouvelles de Samsa.

首席书记亲自前来查看萨姆萨的情况。

Pourquoi Gregor était-il le seul à être condamné à un tel sort ?

为什么只有格里高尔遭受这种命运？

Pourquoi lui seul a-t-il dû servir dans une telle organisation ?

为什么只有他一个人要在这样的组织里任职？

Le moindre oubli éveillait immédiatement les soupçons.

哪怕是最轻微的疏忽都会立即引起怀疑。

Tous les employés qui travaillaient là-bas étaient-ils des scélérats ?

那里的所有员工都是无赖吗？

N'y avait-il donc parmi eux aucune personne fidèle et dévouée ?

他们当中难道就没有一个忠诚专一的人吗？

N'auraient-ils pas pu simplement envoyer un apprenti ?

他们难道不能派个学徒过去吗？

Toutes ces interrogations étaient-elles vraiment nécessaires ?

这些问题真的有必要吗？

Le représentant autorisé devait-il se déplacer en personne ?

授权代表必须亲自到场吗？

Fallait-il vraiment informer toute la famille innocente ?

难道非得通知所有无辜的家庭成员吗？

Toutes ces considérations ont poussé Gregor à agir.

所有这些因素促使格里高尔采取了行动。

Il se hissa hors du lit de toutes ses forces.

他用尽全力从床上跳了起来。

Il y a eu une forte détonation, mais ce n'était pas vraiment un bruit.

一声巨响，但那并不是真正的噪音。

La chute avait été légèrement amortie par le tapis.

地毯稍微缓冲了摔落时的冲击力。

Son dos était plus élastique que Gregor ne l'avait imaginé.

他的背部比格里高尔想象的更有弹性。

Le son était donc plus sourd et moins perceptible.

所以声音比较沉闷，不太容易被注意到。

Mais il n'avait pas fait attention à sa tête pendant sa chute.

但他摔倒时没有保护好头部。

Et lorsqu'il a touché le sol, il s'est aussi cogné la tête.

他摔倒在地时，头部也撞到了地面。

Il se frotta la tête sur le tapis, en colère et souffrant.

他愤怒又痛苦地用头蹭着地毯。

Mais le gérant, qui se trouvait dans la pièce d'à côté, a entendu le bruit.

但隔壁房间的经理听到了动静。

« Quelque chose est tombé là-dedans », a-t-il observé avec justesse.

"有东西掉进去了，"他正确地指出。

Gregor essaya d'imaginer le manager dans sa situation.

格雷戈尔试着想象经理在他这种情况下会是什么感受。

« La même chose pourrait-elle lui arriver ? » se demanda-t-il.

"同样的事情会不会也发生在他身上呢？"他心想。

Il a admis que cet étrange événement pouvait être possible.

他接受了这种奇怪事件有可能发生的事实。

Puis le chef de bureau fit quelques pas vers la pièce.

然后，首席办事员朝房间走了几步。

C'était presque une réponse grossière à la question qu'il avait posée.

这几乎是对所提问题的粗略回答。

Ses bottes en cuir grinçaient lorsqu'il s'approcha de la porte.

他走近门口时，皮靴发出吱嘎声。

Depuis la pièce située à sa droite, sa servante lui chuchota quelque chose.

他右边房间里的女仆低声对他说着什么。

"Gregor, le représentant autorisé est ici."

"授权代表格雷戈尔在这里。"

« Je sais », dit Gregor, mais seulement à voix basse pour lui-même.

"我知道，"格里高尔低声自语道。

Il n'osait pas élever la voix au-dessus d'un murmure.

他不敢提高音量，只能低声说话。

Parce que Gregor ne voulait pas que sa sœur l'entende.

因为格里高尔不想让他的妹妹听到他的话。

« Gregor », dit le père depuis la pièce de gauche.

“格雷戈尔，”左边房间里的父亲说道。

«Le responsable est venu vérifier quel est le problème.»

“经理已经过来看看出了什么问题。”

« Il vous a demandé pourquoi vous n'aviez pas pris le premier train. »

他问你为什么不搭早班火车离开。

« Nous ne savons pas quoi lui dire », a déclaré le père.

“我们不知道该对他说些什么，”父亲说道。

« D'ailleurs, il souhaite également vous parler personnellement. »

“对了，他还想和你单独谈谈。”

« Veuillez ouvrir la porte, afin qu'il puisse vous parler. »

请开门，让他和你谈谈。

« Il aura la gentillesse d'excuser le désordre dans la chambre. »

“他会好心原谅房间里的凌乱。”

« Bonjour, Monsieur Samsa », lui lança le directeur.

“早上好，萨姆萨先生，”经理向他喊道。

Et il lui a certainement parlé de manière amicale.

而且他确实以友好的方式与他交谈。

« Il ne se sent pas bien », dit la mère au gérant.

“他身体不舒服，”母亲对经理说。

« Il ne va pas bien du tout, croyez-moi, cher manager. »

“他身体很不好，相信我，亲爱的经理。”

« Sinon, pourquoi Gregor aurait-il raté le train du matin ? »

“不然格里高尔为什么会错过早班火车呢？”

«Le garçon ne pense qu'à ses affaires.»

“这孩子满脑子想的都是生意。”

« Cela m'agace presque qu'il ne fasse rien d'autre. »

“他除了这个什么都不做，这让我几乎有点恼火。”

« J'aimerais qu'il sorte le soir pour prendre l'air. »

"我希望他晚上能出去呼吸一下新鲜空气。"

« Il était en ville pendant huit jours pour affaires. »

"他因公事在城里待了八天。"

« Mais il était chez lui tous les soirs. »

但那几个晚上他都在家。

«Il s'assoit à notre table et lit le journal.»

"他坐在我们桌旁看报纸。"

« À d'autres moments, il étudie les horaires des trains. »

"其他时候，他会研究列车时刻表。"

«Il lui arrive de s'occuper en faisant de la menuiserie.»

"他有时也会做些木工活来打发时间。"

« Par exemple, il a sculpté un petit cadre photo en bois. »

"例如，他雕刻了一个小木相框。"

« Pendant deux ou trois soirées, il était occupé avec la scie. »

"他连续两三个晚上都在忙着锯木头。"

«Vous serez étonné(e) de voir à quel point le cadre photo est joli.»

"你会惊叹于这个相框的精美程度。"

«Il a accroché le cadre photo dans sa chambre.»

他把相框挂在了房间里。

« Quand il ouvrira la porte, vous verrez ses boiseries. »

"他打开门后，你就会看到他的木工手艺。"

« Au fait, je suis ravi que vous soyez ici, Monsieur Prokurist. »

"顺便说一句，我很高兴您能来，普罗库里斯特先生。"

« Nous n'aurions pas pu, à nous seuls, forcer Gregor à ouvrir la porte. »

"仅凭我们自身的力量，不可能让格里高尔打开门。"

« Il est tellement têtu », a avoué sa mère au vendeur.

"他真是太固执了，"他母亲向店员坦白道。

« Il est certainement malade, même s'il l'a nié auparavant. »

"他确实身体不舒服，尽管他之前否认过。"

« J'arrive tout de suite », dit Gregor lentement et prudemment.

"我马上就来，"格里高尔缓慢而谨慎地说。

Mais il ne fit aucun mouvement vers la porte de la pièce.

但他并没有朝房间门口走去。

Il ne voulait pas perdre un seul mot de la conversation.

他不想漏掉谈话中的一个字。

Le chef de bureau a approuvé l'évaluation de la mère.

首席书记员同意母亲的评估。

« Je ne peux pas l'expliquer autrement non plus, madame. »

"我也没办法用其他方式解释，夫人。"

« Espérons tous qu'il ne souffre d'aucune maladie grave », a-t-il déclaré.

"让我们都希望他没有患上重病，"他说。

« D'un autre côté, c'est un risque pour notre secteur. »

"另一方面，这对我们行业来说是一个隐患。"

« Nous, les hommes d'affaires, devons souvent surmonter un certain malaise. »

"我们做生意的人常常需要克服不适感。"

« Les professionnels doivent simplement faire abstraction des petites douleurs. »

"专业人士只需要忍受一些小痛苦。"

Pendant ce temps, son père frappa de nouveau à l'autre porte.

与此同时，他父亲又敲响了另一扇门。

« Le chef de bureau peut-il entrer maintenant ? » demanda-t-il.

"总书记现在可以进来吗？"他问道。

« Non, il ne peut pas », répondit Gregor à la question de son père.

"不，他不能，"格里高尔回答他父亲的问题。

Un silence gênant s'installa dans la pièce de gauche.

左侧房间里陷入了尴尬的沉默。

Dans la pièce de droite, la sœur se mit à sangloter.

右边的房间里，妹妹开始啜泣。

Pourquoi la sœur n'était-elle pas partie rejoindre les autres ?

为什么姐姐没有和其他人一起去？

Elle venait probablement de se lever, pensa-t-il.

他心想，她大概刚起床吧。

Elle n'a peut-être même pas encore commencé à s'habiller.

她可能还没开始穿衣服呢。

Mais Gregor ne comprenait pas pourquoi elle pleurait.

但格里高尔不明白她为什么哭泣。

Était-ce parce qu'il ne s'était pas levé pour laisser entrer le directeur ?

是因为他没有起身让经理进来吗？

Était-ce parce qu'il risquait de perdre son emploi ?

是因为他面临失业的危险吗？

Le patron pourrait-il s'en prendre aux parents comme avant ?

老板会不会像以前那样找家长麻烦？

Allait-il leur formuler à nouveau les mêmes exigences qu'auparavant ?

他是不是又要像以前那样对他们提出要求了？

Il n'y avait probablement pas lieu de s'inquiéter de ces choses-là.

这些事情或许根本不必担心。

Pour le moment, elle n'avait aucune raison de pleurer.

她目前没有任何理由哭泣。

Gregor était toujours là, subvenant aux besoins de sa famille.

格雷戈尔还留在家里，养家糊口。

Et il n'a jamais eu l'intention de quitter sa famille.

他从未想过要离开这个家。

Pour le moment, il restait simplement allongé là, sur le tapis.

他暂时就那样躺在地毯上。

La famille ignorait son état.

家人并不知道他的病情。

S'ils avaient su, ils n'auraient pas encouragé son patron.

如果他们知道真相，就不会鼓励他的老板了。

Ils n'auraient même pas laissé entrer le gérant.

他们甚至都不让经理进屋。

Le refouler n'aurait pas été particulièrement impoli.

拒绝他并不算是特别失礼。

Il aurait facilement pu trouver une excuse convenable plus tard.

他之后很容易就能找到合适的借口。

Ce n'était pas un motif de licenciement.

他不应该因此被解雇。

Gregor pensait qu'il serait plus judicieux de le laisser tranquille désormais.

格里高尔觉得现在独自一人待着更明智。

Le déranger en pleurant et en parlant n'a pas beaucoup aidé.

哭闹和说话打扰他并没有什么效果。

Mais c'était l'incertitude qui inquiétait les autres.

但真正困扰其他人的是这种不确定性。

Et c'est cette incertitude qui a excusé leur comportement.

正是这种不确定性为他们的行为提供了借口。

« Monsieur Samsa », appela le directeur d'une voix forte.

"萨姆萨先生！"经理提高嗓门喊道。

« Qu'est-ce qui se passe avec toi ? » a-t-il voulu savoir.

"你怎么了？"他想知道。

« Tu t'es barricadé dans ta chambre. »

"你把自己反锁在房间里了。"

«Vous ne pouvez répondre que par «oui» ou «non».»

你只能回答 "是" 或 "否" 。

«Vous causez de sérieux soucis à vos parents.»

你让父母非常担心。

« Je ne vois pas de bonne raison de les inquiéter. »

"我看不出你有什么理由让他们担心。"

« Il y a une autre chose que je mentionnerai en passant. »

"还有一件事我想顺便提一下。"

«Vous négligez également vos obligations professionnelles envers nous.»

"你们也疏忽了对本公司应尽的业务义务。"

« Une telle irresponsabilité ne vous ressemble pas du tout. »

"这种不负责任的行为完全不像你的性格。"

« Je parle ici au nom de vos parents et de votre patron. »

"我代表你的父母和你的老板发言。"

« Et je vous demande une explication immédiate et claire. »

"我要求你立即给出明确的解释。"

« Je dois dire que tout cela m'étonne vraiment. »

"说实话，整件事真的让我感到惊讶。"

« Je pensais vous connaître comme une personne calme et raisonnable. »

"我以为我认识的你是一个冷静理智的人。"

« Mais maintenant, tu nous montres une autre facette de toi. »

"但现在你展现了你截然不同的一面。"

«Vous faites soudain preuve de vos caprices très particuliers.»

"你突然表现出你那些非常古怪的怪癖。"

« Mais il pourrait y avoir une explication à votre échec. »

"但你的失败或许有其原因。"

« Le patron a mentionné une dette que vous aviez recouvrée pour nous. »

"老板提到了你之前帮我们收回的一笔债务。"

« J'ai donné ma parole d'honneur au patron en votre nom. »

“我以你的名义向老板保证。”

« Mais maintenant je vois votre obstination incompréhensible. »

“但我现在明白了你那令人费解的固执。”

« Je pourrais encore perdre toute envie de vous aider. »

“我可能最终会完全失去帮助你的意愿。”

«Votre sécurité d'emploi n'est en aucun cas totalement stable.»

“你的工作保障远非完全稳定。”

« À l'origine, je comptais vous dire tout cela en privé. »

我原本打算私下告诉你这一切。

« Mais maintenant je vois que vous voulez que je perde mon temps ici. »

“但我现在明白了，你是想让我在这里浪费时间。”

«Je ne vois donc aucune raison pour que vos parents ne le sachent pas.»

“所以我看不出你父母有什么理由不应该知道。”

«Vos récentes performances n'ont pas été satisfaisantes.»

“你最近的表现并不令人满意。”

« Je reconnais que les ventes sont plus lentes à cette période de l'année. »

“我承认每年的这个时候销售额都会下降。”

« Mais il n'y a pas de période de l'année où il n'y a pas de ventes. »

“但一年中任何时候都没有不销售的时候。”

Pendant un instant, Gregor oublia tout ce qui l'entourait.

格里高尔一时忘记了周围的一切。

« Mais Monsieur Prokurist ! » s'écria Gregor, désespéré.

“可是普罗库里斯特先生，”格里高尔绝望地喊道。

« J'ouvre la porte tout de suite, maintenant, ne vous inquiétez pas. »

“我马上就去开门，别担心。”

«Le problème, c'est que je ne me sens pas très bien.»

“问题是我一直感觉身体很不舒服。”

« Mes vertiges m'ont empêché d'atteindre la porte. »

“我头晕目眩，没能走到门口。”

« Je suis encore au lit, mais je me sens beaucoup mieux. »

“我还在床上躺着，但感觉好多了。”

«Un instant, s'il vous plaît, je viens de me lever.»

“请稍等片刻，我刚起床。”

« Un instant de patience, c'est tout ce que je vous demande, Monsieur Prokurist. »

“我只请求您稍等片刻，普罗库里斯特先生。”

« Ça ne se passe pas aussi bien que je le pensais, mais ça ira. »

“情况没有我想象的那么顺利，但我会没事的。”

« Comment une telle chose peut-elle arriver à une personne aussi rapidement ? »

“这种事怎么会这么快就发生在一个人身上呢？”

« Je me sentais bien hier soir, mes parents le savent. »

“我昨晚感觉很好，我父母知道。”

« Mais peut-être avais-je déjà un petit pressentiment à ce moment-là. »

“但也许那时我已经有了些许预感。”

«Vous pourriez vous demander pourquoi je ne l'ai pas signalé au bureau.»

“你可能会问我为什么没有向办公室报告这件事。”

« Je pensais que je me sentirais beaucoup mieux demain matin. »

“我以为早上起来就会感觉好多了。”

« On pense toujours qu'ils auront vaincu la maladie d'ici là. »

“人们总是觉得到那时他们就能战胜疾病了。”

« Mais je vous en prie ! Épargnez mes parents de ces accusations ! »

"但是求求你们！放过我的父母吧！"

« On ne m'a pas dit un mot de ce que vous m'avez dit. »

"你跟我说的话，我一个字都没听到。"

« Il se peut que vous n'ayez pas lu les dernières commandes que j'ai envoyées. »

"你可能没有阅读我最后发出的指令。"

« Au fait, vous n'avez pas à vous inquiéter pour moi aujourd'hui. »

"对了，你今天不用担心我。"

«Je vais quand même prendre le train de huit heures.»

"我还是会搭乘八点钟的火车。"

« Ces quelques heures de repos m'ont suffisamment revigoré. »

"这几个小时的休息已经让我恢复了体力。"

« Vous n'avez vraiment pas besoin d'attendre, manager. »

"经理，您真的不必等了。"

« Moi aussi, je serai bientôt au bureau. »

"我也很快会到办公室来。"

« Et s'il vous plaît, ayez la gentillesse de dire un mot en ma faveur. »

"请您务必帮我说几句好话。"

Gregor avait donné son explication assez précipitamment.

格里高尔很匆忙地解释了一番。

Il ne savait pas vraiment ce qu'il essayait de dire.

他几乎不知道自己到底想表达什么。

Il s'est approché de la boîte et a essayé de s'en servir pour se lever.

他走到箱子跟前，试图借力站起来。

Il avait vraiment l'intention d'ouvrir la porte.

他原本确实打算开门的。

Il souhaitait être reçu par le représentant autorisé.

他想见授权代表。

Et il voulait régler le problème avec lui personnellement.

他想亲自和他一起解决这个问题。

Il était impatient de savoir comment les autres réagiraient à son égard.

他很想知道其他人会如何看待他。

Ils doivent maintenant être impatients de savoir comment il va.

他们现在肯定也很想知道他的情况如何。

Il y avait deux façons possibles dont ils pouvaient réagir face à lui.

他们可能会对他有两种反应。

Une possibilité était qu'ils aient peur.

一种可能性是他们会感到害怕。

S'ils avaient peur, alors il n'en était pas responsable.

如果他们感到害怕，那他就没有责任。

Et alors, il n'aurait plus à s'inquiéter de la situation.

这样他就不用担心这种情况了。

Mais il y avait aussi une autre possibilité à envisager.

但还有另一种可能性需要考虑。

Peut-être accepteraient-ils sereinement sa personnalité.

或许他们会平静地接受他本来的样子。

Gregor n'aurait alors aucune raison de se fâcher non plus.

这样一来，格里高尔也就没有理由生气了。

Il y aurait encore assez de temps pour prendre le train.

时间还来得及赶上火车。

Cependant, se tenir debout n'était pas une tâche facile.

然而，保持站立绝非易事。

Lors de ses premières tentatives, il a glissé hors de la boîte.

最初几次尝试，他都从箱子上滑了下来。

La boîte était trop lisse pour qu'il puisse s'y appuyer.

箱子表面太光滑了，他根本无法靠着它站立。

Et finalement, il se donna un dernier effort pour se relever.

最后，他使出最后一力，站了起来。

Il ne prêta plus attention à la douleur qu'il ressentait à l'abdomen.

他不再理会腹部的疼痛。

Peu importe l'intensité de la douleur, il la surmonterait.

无论多么痛苦，他都能挺过去。

Il se laissa tomber contre le dossier d'une chaise voisine.

他任由自己倒在附近一把椅子的椅背上。

Et il s'accrochait aux bords avec ses petites jambes.

他用小腿抓住了边缘。

À ce stade, il avait repris le contrôle de lui-même.

此时他已经更好地控制了自己的情绪。

Et sa chute fut plus silencieuse que la précédente.

他的倒台比前一次更加悄无声息。

Parce qu'il devait écouter ce que disait le manager.

因为他必须听经理的话。

« Avez-vous compris quelque chose à tout cela ? » demanda-t-il aux parents.

“你们听懂了吗？”他问这对父母。

« Il ne se moquerait pas de nous, n'est-ce pas ? »

他不会愚弄我们吧？

« Pour l'amour de Dieu ! » s'écria la mère, déjà en larmes.

“看在上帝的份上！”母亲哭着喊道。

« Il est peut-être gravement malade et nous le tourmentons. »

“他可能身患重病，而我们却在折磨他。”

« Grete ! Grete ! » cria-t-elle à sa fille.

“格蕾特！格蕾特！”她对着女儿大喊。

« Maman ? » appela la sœur de l'autre côté.

“妈妈？”妹妹从另一边喊道。

Ils ont ensuite communiqué par l'intermédiaire de la chambre de Gregor.

然后他们通过格里高尔的房间进行交流。

« Gregor est très malade et il a besoin de médicaments. »

"格雷戈尔病得很重，他需要吃药。"

«Vous devrez aller chez le médecin immédiatement.»

你必须立刻去看医生。

« Tu as entendu comment Gregor parlait tout à l'heure ? »

你刚才听到格里高尔说话的方式了吗？

« C'était la voix d'un animal », a déclaré le gérant.

"那是动物的声音，"经理说。

Ses paroles étaient douces comparées aux cris de la mère.

与母亲的尖叫声相比，他的话语显得轻柔。

« Anna ! Anna ! » appela le père depuis l'antichambre.

"安娜！安娜！"父亲从前厅喊道。

Et il a claqué des mains pour attirer leur attention.

他拍手吸引他们的注意力。

« Appelez immédiatement un serrurier ! » ordonna-t-il à la bonne.

"立刻找个锁匠来！"他命令女佣。

Les filles, en jupes, traversèrent l'antichambre en courant.

女孩们穿着裙子，跑过前厅。

Et leurs jupes bruissaient lorsqu'elles passèrent en courant devant sa chambre.

她们跑过他的房间时，裙摆沙沙作响。

« Comment sa sœur a-t-elle fait pour s'habiller si vite ? » se demanda-t-il.

他心想："妹妹怎么穿得这么快？"

La porte a été arrachée, mais elle n'a pas été claquée.

门被硬生生地扯开了，但并没有砰地一声关上。

C'est fréquent dans les maisons où survient un grand malheur.

这种情况在遭遇重大不幸的家庭中很常见。

Mais tout cela avait considérablement apaisé Gregor.

但这一切让格里高尔平静了许多。

Quand il entendait ses propres paroles, elles lui paraissaient claires.

当他听到自己说过的话时，他觉得那些话很清晰。

En fait, il estimait que ses paroles avaient été plus claires.

事实上，他觉得自己的话表达得更清楚了。

Mais les autres ne comprenaient plus ce qu'il disait.

但其他人已经听不懂他在说什么了。

Peut-être s'était-il habitué à ses oreilles à ce moment-là.

或许他现在已经习惯了自己的耳朵。

Mais au moins, ils comprenaient maintenant mieux sa situation.

但至少他们现在更了解他的处境了。

Ils se sont rendu compte qu'il y avait vraiment quelque chose qui n'allait pas chez lui.

他们意识到他确实有些不对劲。

Et ils faisaient maintenant tout leur possible pour l'aider.

他们现在正竭尽所能地帮助他。

Cela redonna à Gregor un sentiment de confiance qui lui manquait.

这让格里高尔感到了一种他一直缺乏的自信。

Et il se sentait de nouveau beaucoup plus en sécurité au sein de sa famille.

他再次感到在家里更有安全感了。

Il avait le sentiment d'être à nouveau intégré au cercle humain.

他感觉自己再次融入了人类社会。

Il ne lui restait plus qu'à espérer que le serrurier puisse ouvrir la porte.

现在他只能寄希望于锁匠能打开这扇门了。

Et il espérait que le médecin serait capable d'accomplir de telles tâches.

他希望医生能够完成这些任务。

Il allait bientôt devoir reprendre la parole.

他很快又要开始讲话了。

Il allait falloir que sa voix soit aussi claire que possible.

他的声音必须尽可能清晰。

Pour se préparer à la réunion, il s'éclaircit la gorge.

为了准备会议，他清了清嗓子。

Il s'efforçait toutefois de tousser très discrètement.

然而，他尽力将咳嗽声调得很轻。

Ce bruit pouvait être différent d'une toux humaine.

这种声音听起来可能与人类的咳嗽声不同。

Il savait qu'il ne pouvait plus faire la différence entre de telles choses.

他知道自己已经无法区分这些事情了。

Dans la pièce voisine, le silence était total.

隔壁房间一片寂静。

Les parents étaient probablement assis à table.

父母当时可能正坐在桌旁。

Ils chuchotaient peut-être avec le gérant.

他们可能在和经理窃窃私语。

Peut-être que tout le monde était appuyé contre la porte et écoutait.

也许大家都倚在门边偷听。

Gregor poussa lentement la chaise vers la porte.

格里高尔慢慢地把椅子推向门口。

Il s'appuya contre la porte et se tint droit.

他用力推开门，保持身体直立。

Il a découvert que la plante de ses pieds était légèrement collée.

他发现自己的脚掌上有一点胶水。

Et il se reposa là un instant, épuisé.

他因劳累而稍作休息。

Après s'être suffisamment reposé, il s'attela à la tâche suivante.

休息足够后，他开始着手下一个任务。

Il commença à tourner la clé dans la serrure avec sa bouche.

他开始用嘴转动锁里的钥匙。

Malheureusement, il semblait qu'il n'avait pas de dents.

不幸的是，他似乎根本没有牙齿。

Mais quel autre moyen avait-il pour s'emparer des clés ?

但他还有其他办法拿到钥匙吗？

Heureusement pour lui, ses mâchoires étaient bien sûr très fortes.

幸运的是，他的下颚当然非常强壮。

Grâce à la force de ses mâchoires, il a vraiment réussi à faire bouger la clé.

他用下颚把钥匙弄动了。

Il ne doutait pas qu'il se faisait du mal à lui-même également.

他毫不怀疑自己也在伤害自己。

Parce qu'un liquide brunâtre sortait de sa bouche.

因为有棕色的液体从他嘴里流出来。

Le liquide brunâtre a coulé sur la clé et le long de la porte.

棕色的液体顺着钥匙流到门上。

Mais Gregor ne se souciait pas de se faire du mal.

但格里高尔并不在意自己正在伤害自己。

« Vous entendez ça ? » demanda le gérant dans la pièce voisine.

"你能听到吗？"隔壁房间的经理问道。

« Il tourne la clé », avait remarqué le gérant.

"他正在转动钥匙，"经理注意到。

Ces paroles furent un grand encouragement pour Gregor.

这些话对格雷戈尔来说是莫大的鼓励。

Mais le père et la mère auraient également dû crier :

但父母也应该大声喊出来：

« Bien joué, Gregor ! » auraient-ils dû lui crier.

他们本该对他喊："好，格里高尔！"

«Continue, continue de tourner la clé, tu peux le faire.»

"继续，继续转动钥匙，你能行的。"

Mais Gregor dut plutôt imaginer leur enthousiasme.

但格里高尔只能想象他们的兴奋之情。

Il serra les mâchoires de toutes ses forces.

他用尽全力咬紧牙关。

Et il continua à tourner la clé dans la serrure.

他继续转动钥匙，试图拧动锁芯。

Son corps se tordit douloureusement en un cercle.

他的身体痛苦地扭动着，绕着圆圈转了一圈。

Il ne tenait plus debout qu'avec sa bouche.

他现在只能靠嘴巴支撑着身体。

Pour continuer à tourner la clé, il appuya contre la porte.

他用力抵住门，继续转动钥匙。

Finalement, le claquement de la serrure réveilla de nouveau Gregor.

最后，锁扣的咔哒声再次惊醒了格里高尔。

« Je n'avais donc pas besoin du serrurier », soupira-t-il de soulagement.

"所以我不需要锁匠了，"他如释重负地叹了口气。

Il ne lui restait plus qu'à ouvrir la porte qu'il avait déverrouillée.

现在他只需要打开那扇他已经解锁的门。

Et, la tête sur la poignée, il ouvrit la porte.

他头抵着门把手，打开了门。

Il se trouvait derrière la porte qui donnait sur sa chambre.

他站在门后，那扇门通向他的房间。

La porte était donc déjà ouverte avant même qu'on puisse le voir.

所以在他被看到之前，门就已经开了。

Il lui fallait ensuite se faufiler autour de la porte elle-même.

接下来，他必须绕过这扇门。

Ce mouvement difficile a également nécessité beaucoup d'efforts.

这次艰难的行动也需要付出很多努力。

Il ne voulait pas tomber maladroitement dans la pièce voisine.

他不想笨拙地跌进隔壁房间。

Il n'avait donc pas le temps de prêter attention à quoi que ce soit d'autre.

所以他根本没时间关注其他事情。

Mais il entendit alors le chef de bureau s'exclamer bruyamment : « Oh ! »

但随后他听到总职员大声喊了一声"哦！"

On aurait dit que le vent soufflait en rafales dans la maison.

听起来像是风在屋里呼啸而过。

Il se trouvait être celui qui était le plus proche de la porte.

他碰巧是离门口最近的人。

Et maintenant, en le voyant, il porta sa main à sa bouche.

看到他，他连忙用手捂住嘴。

Il recula lentement, s'éloignant de Gregor.

他慢慢地向后退去，远离格里高尔。

Mais c'était comme si une force invisible agissait sur lui.

但感觉就像有一股无形的力量在作用于他。

La première chose que fit la mère fut de regarder le père.

母亲做的第一件事就是看向父亲。

Malgré la présence du gérant, ses cheveux étaient en désordre.

尽管经理在场，她的头发却很凌乱。

Elle déplia les bras et fit deux pas en avant.

她放下抱在胸前的双臂，向前走了两步。

Mais elle s'est effondrée au milieu de sa jupe.

但随后她突然倒在了裙摆下。

Sa robe s'est étalée tout autour d'elle sur le sol.

她的裙子散落在地板上，将她整个人都包裹住了。

Et sa tête disparut sur sa poitrine.

她的头低垂下来，埋进了自己的胸前。

Le père serra le poing avec une expression hostile.

父亲紧握拳头，表情充满敌意。

Il semblait vouloir que Gregor soit renvoyé dans sa chambre.

他似乎想把格里高尔赶回房间。

Il jeta ensuite un regard incertain autour du salon.

然后，他茫然地环顾了一下客厅。

Et finalement, il se couvrit les yeux entre ses mains.

最后，他用双手捂住了双眼。

Et il pleura amèrement jusqu'à ce que sa poitrine puissante tremble.

他痛哭流涕，直到他那魁梧的胸膛都颤抖起来。

Gregor n'est en réalité pas entré dans leur chambre.

格里高尔实际上根本没有进过他们的房间。

Au lieu de cela, il s'appuya contre le cadre de la porte.

他没有坐下，而是靠在了门框上。

Seule la moitié de son corps était visible de l'extérieur.

从外面的人只能看到他半个身体。

Et sur son corps reposait sa tête, inclinée sur le côté.

他的头颅歪向一边，悬在他身体的上方。

La lumière était désormais devenue beaucoup plus vive qu'auparavant.

此时光线比之前明亮得多。

On pouvait désormais voir clairement l'autre côté de la rue.

现在可以清楚地看到街对面了。

Une partie de l'hôpital gris et interminable se dévoila.

眼前展现出一片无边无际、灰蒙蒙的医院景象。

La pluie matinale n'avait pas encore complètement cessé de tomber.

早晨的雨还没有完全停。

Mais maintenant, les gouttes de pluie étaient plus grosses et plus espacées.

但现在雨滴更大了，间距也更远了。

Les plats du petit-déjeuner étaient disposés en abondance sur la table.

餐桌上摆满了丰盛的早餐菜肴。

Le père considérait le petit-déjeuner comme le repas le plus important.

父亲认为早餐是最重要的一餐。

Le petit-déjeuner était un repas qu'il s'éternisait pendant des heures.

他总是把早餐拖上好几个小时。

Et pendant ces heures, il lisait les différents journaux.

在这些时间里，他会阅读各种报纸。

Juste en face, sur le mur, était accrochée une photo de Gregor.

对面墙上挂着格里高尔的照片。

La photographie accrochée au mur le montrait en lieutenant.

墙上的照片显示他是一名中尉。

C'était une photo de l'époque où il était dans l'armée.

那是他服役期间拍的照片。

Sa main était posée sur son épée, et il arborait un sourire insouciant.

他手放在剑柄上，脸上带着无忧无虑的笑容。

Sa posture et son uniforme imposaient un certain respect.

他的姿态和制服都给人一种肃然起敬的感觉。

L'autre porte qui menait à l'antichambre était également ouverte.

通往前厅的另一扇门也开着。

Et la porte de l'appartement était encore ouverte elle aussi.

公寓的门也还开着。

On pouvait voir jusqu'à la cour de l'immeuble.

从远处可以一直看到公寓的前院。

Puis les escaliers descendaient sur la rue en contrebas.

然后，楼梯通向下面的街道。

Gregor était le seul à avoir gardé son sang-froid.

只有格里高尔保持了镇定。

Il a constaté cela, la conversation était donc de sa responsabilité.

他看到了这一点，所以这次谈话是他的责任。

« Bon, je vais m'habiller pour le travail maintenant », dit-il.

"好了，我现在要去穿衣服上班了。"他说。

« Une fois que j'aurai emballé les échantillons de tissu, je partirai. »

"我打包好纺织品样品后就会离开。"

«Vous comptez toujours me tirer dessus, Monsieur Prokurist ?»

"普罗库里斯特先生，您还打算解雇我吗？"

« Comme vous pouvez le constater, je ne suis pas aussi têtue que vous le pensiez. »

"如你所见，我并没有你想象的那么固执。"

« Et vous pouvez constater que j'aime bien travailler, après tout. »

"你可以看出我其实很喜欢工作。"

« Je peux admettre que voyager pour le travail n'est pas facile. »

“我承认，出差并不轻松。”

« Mais je peux aussi accepter que cela fasse partie de mon travail. »

“但我也可以接受这是我工作的一部分。”

« Chef de projet, où allez-vous ? Retournez-vous au bureau ? »

“经理，你要去哪儿？回办公室吗？”

« Allez-vous rapporter fidèlement tout ce que vous avez vu ? »

“你会如实汇报你所看到的一切吗？”

«Il arrive parfois qu'on soit dans l'incapacité d'aller travailler.»

“有时候会发生无法上班的情况。”

« C'est le moment idéal pour se souvenir des succès passés. »

“现在正是回顾过去成就的好时机。”

« Une fois la difficulté surmontée, on travaille encore mieux. »

“排除了困难之后，效果反而更好了。”

« Ma diligence et ma concentration vont augmenter. »

“我将更加勤奋专注。”

«Vous savez très bien que je suis redevable envers le patron.»

“你很清楚我欠老板一个人情。”

« Mais je suis aussi inquiète pour mes parents et ma sœur. »

“但我也很担心我的父母和妹妹。”

« Je suis dans une situation délicate, mais je vais m'en sortir. »

“我处境艰难，但我会想办法摆脱困境。”

« Ne compliquez pas davantage les choses. »

“别让事情变得更难。”

« En tant que collègues, nous devons aussi nous entraider. »

“作为同事，我们也必须互相帮助。”

« Je sais que les employés de bureau n'aiment pas les voyageurs. »

我知道上班族不喜欢旅行者。

«Vous croyez qu'on gagne des fortunes et qu'on mène une vie confortable.»

"你以为我们赚了很多钱，过着好日子吗？"

« Ils n'ont aucune raison valable de tenir compte de leurs préjugés. »

"他们没有真正的理由去反思自己的偏见。"

« Mais vous, agent habilité, votre rôle est différent. »

"但是，作为授权官员，你的职责不同。"

«Vous avez une meilleure vue d'ensemble que les autres membres du personnel.»

"你比其他员工更了解全局。"

« En fait, je pense que vous avez peut-être la meilleure vue d'ensemble. »

"事实上，我认为你可能对情况了解得最清楚。"

«Vous avez une meilleure vision d'ensemble que le patron lui-même.»

"你比老板本人更了解全局。"

« J'admets que c'est le patron qui fait le travail d'entrepreneur. »

"我承认老板确实做了创业方面的工作。"

« Mais il est facile de se tromper dans ses jugements. »

但他的判断很容易被误导。

« Et ces petites erreurs de jugement peuvent nous être préjudiciables. »

"而这些小小的判断失误可能会给我们带来损失。"

«Vous savez combien il est facile de parler du voyageur.»

"你知道谈论旅行者是多么容易。"

« Il n'est pas là pour défendre sa réputation contre les rumeurs. »

"他到那里不是为了捍卫自己的名誉，抵御流言蜚语。"

« Ces accusations peuvent très bien n'être que des coïncidences. »

"这些指控很可能只是巧合。"

« Nombre de ces plaintes ne reposent même sur aucune vérité. »

"很多抱怨根本没有任何事实依据。"

«Il est absent du bureau pendant presque toute l'année.»

"他几乎全年都不在办公室。"

«Quelles chances a-t-il de défendre sa propre réputation ?»

他有什么机会捍卫自己的名誉？

«Il n'a même pas connaissance des accusations.»

"他甚至都没机会听到这些指控。"

«Il découvre ce qui a été dit lorsqu'il est trop tard.»

"他发现别人说了什么的时候，已经太晚了。"

« À ce stade, il est épuisé par le voyage de la journée. »

"到那时，他已经因为一天的旅途劳顿而筋疲力尽了。"

« Il devra de toute façon en subir les terribles conséquences. »

"反正他都要承受可怕的后果。"

« Même s'il n'a aucun moyen de comprendre le problème. »

"即便他根本无法理解这个问题。"

« Oh, manager, ne partez pas sans me dire un mot. »

"经理，走之前至少跟我打个招呼。"

«Dites-moi au moins que vous êtes d'accord avec moi en partie.»

"至少告诉我你部分同意我的观点。"

Mais le directeur s'était détourné de Gregor bien plus tôt.

但经理很早就对格雷戈尔失去了兴趣。

Son épaule tressaillit lorsqu'il se retourna vers Gregor.

他回头看向格里高尔时，肩膀抽搐了一下。

Et il n'est pas resté immobile une seule fois pendant tout son discours.

演讲过程中，他一刻也没有停下来。

Il se retournait vers Gregor, les lèvres pincées.

他抿着嘴唇回头看了格里高尔一眼。

Il reculait progressivement vers la porte.

他一直慢慢地向门口退去。

Mais il ne pouvait pas non plus détacher son regard de Gregor.

但他也无法将目光从格里高尔身上移开。

Il avait l'impression qu'il lui était secrètement interdit de quitter la pièce.

他感觉房间里似乎有一条不成文的禁令，不允许他离开。

Mais à ce stade, il se trouvait déjà dans le hall d'entrée.

但此时他已经进入了门厅。

Et soudain, il fit un mouvement vers la sortie.

然后他突然朝出口走去。

Il tendit la main droite vers les escaliers.

他伸出右手，指向楼梯。

Peut-être qu'une force surnaturelle attendait pour le sauver.

或许有一股超自然力量在等着拯救他。

Gregor savait qu'il ne pouvait pas le laisser partir comme ça.

格里高尔知道他不能就这样让他离开。

Le manager ne doit pas revenir dans le même état d'esprit qu'avant.

经理绝不能带着他之前的坏心情回来。

La sécurité de l'emploi de Gregor était fortement menacée.

格雷戈尔的工作岌岌可危。

Les parents ne comprenaient pas tout cela.

父母无法完全理解这一切。

Au fil des ans, ils s'étaient habitués à sa sécurité d'emploi.

多年来，他们已经习惯了他稳定的工作。

Et ils étaient convaincus qu'il avait ce poste à vie.

他们确信他将终身担任这份工作。

Au lieu de cela, ils s'étaient préoccupés d'autres soucis.

相反，他们却忙于其他更多的烦心事。

Mais ces préoccupations leur ont fait perdre toute prévoyance.

但这些担忧使他们失去了所有远见。

Gregor, cependant, n'avait pas perdu la clairvoyance de ses parents.

然而，格雷戈尔并没有失去父母的远见卓识。

Il a fallu que quelqu'un arrête le représentant autorisé.

必须有人阻止这位授权代表。

Il allait devoir le calmer et le convaincre.

他得安抚他，说服他。

L'avenir de Gregor et de sa famille en dépendait !

格里高尔和他家人的未来就取决于此了！

Si seulement sa sœur intelligente avait été là pour l'aider.

如果聪明的姐姐当时在场就好了，那样就能帮上忙了。

Elle avait déjà pleuré alors que Gregor était encore dans sa chambre.

当格里高尔还在房间里的时候，她就已经哭了。

À ce moment-là, il était simplement allongé tranquillement sur le dos.

当时他只是静静地仰面躺着。

Elle connaissait déjà l'importance de la situation à ce moment-là.

她当时已经意识到事态的重要性。

Le directeur était connu pour avoir un faible pour les femmes.

这位经理对女性有特殊的偏爱，这是众所周知的。

Elle aurait facilement pu le persuader de rester plus longtemps.

她本来很容易就能说服他多待几天。

Elle aurait fermé la porte et l'aurait fait rentrer.

她本可以关上门，然后领他进去。

Mais malheureusement, sa sœur était partie chercher un médecin.

但不幸的是，姐姐去找医生了。

Gregor n'avait donc pas d'autre choix que de le faire lui-même.

因此，格里高尔别无选择，只能亲自去做。

Il n'avait pas réfléchi à quelles étaient réellement ses capacités.

他之前并没有认真考虑过自己的能力究竟如何。

Et il avait oublié de se méfier de sa capacité à parler.

他竟然忘记了要怀疑自己的说话能力。

Mais il a néanmoins quitté la sécurité de sa chambre.

尽管如此，他还是离开了自己安全的房间。

Et il se faufila par l'ouverture de la pièce.

他奋力挤过房间的开口。

Le directeur était déjà en train de descendre les escaliers.

经理已经走下楼梯了。

Mais il s'accrochait à la rambarde à deux mains.

但他双手紧紧抓住栏杆。

Gregor tomba en se poussant à travers la porte.

格里高尔推开门时摔倒了。

Il laissa échapper un petit cri en cherchant un appui.

他抓住什么东西支撑住身体时，发出了一声短促的尖叫。

Mais au lieu de paniquer, il a ressenti un bien-être physique.

但他并没有惊慌，反而感到身体很舒服。

Pour la première fois ce matin-là, quelque chose semblait juste.

那天早上，我第一次感觉一切都对了。

Il avait désormais toutes les jambes bien ancrées au sol.

他的双腿现在都稳稳地踩在了坚实的地面上。

Il était surpris de constater à quel point il contrôlait bien ses jambes.

他惊讶于自己竟然能如此很好地控制双腿。

Il était heureux de constater que ses jambes lui obéissaient parfaitement.

他很高兴地发现自己的双腿完全听从了他的指挥。

En réalité, ses jambes le portaient partout où il le voulait.

事实上，他可以凭借双腿去任何他想去的地方。

Bientôt, tous ses chagrins allaient prendre fin.

他的所有悲伤终将结束。

Mais au même moment, sa propre mère se leva d'un bond.

但就在同一时刻，他的母亲也跳了起来。

Ses bras étaient tendus et ses doigts écartés.

她双臂伸展，手指张开。

Et elle s'est écriée : « Au secours ! Au nom de Dieu, que quelqu'un m'aide ! »

她喊道："救命啊，看在上帝的份上，谁来救救我！"

Elle inclina la tête ; elle voulait mieux voir Gregor.

她歪着头，想看得更清楚些。

Mais contrairement à sa première action, elle est revenue en courant.

但与第一个举动形成鲜明对比的是，她跑了回去。

Elle avait oublié que la table était mise derrière elle.

她忘记了身后的餐桌已经摆好了。

Tout ce qui était prévu pour le petit-déjeuner était encore sur la table.

早餐的食材都还摆在桌上。

Elle s'assit précipitamment sur la table, comme distraite.

她慌忙地坐在桌子上，好像心不在焉。

Et elle n'a pas semblé remarquer le café renversé.

她似乎没有注意到洒出来的咖啡。

Le café était maintenant en train d'imbiber la moquette.

咖啡已经浸透了地毯。

« Maman, maman », dit doucement Gregor en levant les yeux vers elle.

"妈妈，妈妈，"格里高尔轻声说道，抬头望着她。

Pour le moment, le manager ne lui importait pas.

眼下，经理对他来说并不重要。

Mais il y avait aussi le café qui coulait sur la moquette.

但还有咖啡滴到地毯上的情况。

Gregor n'a pas pu s'empêcher de claquer des dents devant le café.

格雷戈尔忍不住对着咖啡张了张嘴。

La mère se remit à pleurer à cause de son comportement.

他的行为让母亲再次哭了起来。

Elle a sauté de la table pour prendre ses distances avec lui.

她从桌子上跳下来，与他保持距离。

Et elle s'est réfugiée dans les bras de son père.

她奔向父亲的怀抱寻求庇护。

Mais Gregor n'avait plus de temps à consacrer à ses parents.

但格里高尔现在根本没时间陪伴父母。

L'agent habilité se trouvait déjà dans l'escalier.

获授权的官员当时已经在楼梯上了。

Il avait le menton appuyé sur la rambarde, pour regarder à l'intérieur de la maison.

他下巴抵着栏杆，往屋里看去。

Apparemment, il voulait jeter un dernier coup d'œil au spectacle.

显然，他想最后再看一眼这壮观的景象。

Et Gregor fit un dernier effort pour joindre le directeur.

格雷戈尔做了最后的努力，试图联系经理。

Il courut vers la porte aussi prudemment qu'il le put.

他尽可能安全地朝门口跑去。

Mais le chef de bureau devait se douter de quelque chose.

但总书记肯定有所察觉。

Parce qu'il a descendu quelques marches et a disparu.

因为他跳下好几级台阶，消失不见了。

« Hein ! » s'écria Gregor, sa voix résonnant dans la cage d'escalier.

"哈！"格雷戈尔喊道，声音在楼梯间回荡。

La fuite du manager sembla également déconcerter son père.

经理的逃跑似乎也让他的父亲感到困惑。

Jusque-là, il était parvenu à garder son calme.

在此之前，他一直保持着相当的冷静。

Mais malheureusement, lui aussi a perdu le sang-froid qu'il avait eu.

但不幸的是，他也失去了原本的镇定。

Il aurait dû aider Gregor dans sa quête.

他本应该帮助格里高尔追赶格里高尔。

Mais, d'une main, il saisit la canne du directeur.

但他一手抓住了经理的拐杖。

Et dans l'autre main, il tenait maintenant un journal.

而他的另一只手则拿着一份报纸。

Et il entravait désormais directement Gregor dans sa poursuite.

现在，他直接阻碍了格里高尔的追捕。

Il s'était placé entre Gregor et la rue.

他挡在了格里高尔和街道之间。

Il tapa du pied et agita le bâton et le journal.

他跺了跺脚，挥舞着棍子和报纸。

Et il forçait activement Gregor à retourner dans sa chambre.

他正强迫格里高尔回到他的房间里。

Aucune des demandes formulées par Gregor n'a été utile.

格雷戈尔尝试提出的所有请求都无济于事。

Parce qu'aucune de ses demandes n'a été comprise.

因为他提出的要求一个都没被理解。

Il tourna la tête vers un angle plus profond et plus humble.

他把头转向更深、更谦卑的角度。

Mais son père répondit en tapant du pied encore plus fort.

但他的父亲却跺脚跺得更厉害了。

La mère ouvrit une fenêtre, malgré la fraîcheur ambiante.

尽管天气凉爽，母亲还是打开了窗户。

Et elle enfouit son visage dans ses mains froides.

她蜷缩着身子，双手捂住脸，任凭寒风刺骨。

Le vent pouvait désormais traverser tout l'appartement.

现在风可以穿过整个公寓了。

Un fort courant d'air soufflait de l'escalier vers la ruelle.

一股强风从楼梯间吹向巷子。

Les rideaux claquaient sous l'effet du vent violent.

强风吹得窗帘猎猎作响。

Et le journal posé sur la table bruissait dans le vent.

桌上的报纸在风中沙沙作响。

Même des feuilles ont été soufflées à l'intérieur de la maison depuis l'extérieur.

甚至有些树叶也被风从外面吹进了屋里。

Le père tapa du pied et poussa sans relâche.

父亲跺着脚，不停地推搡。

Et il sifflait et émettait des bruits comme un homme sauvage.

他像个野人一样发出嘶嘶声和各种怪叫声。

Mais Gregor ne s'était pas encore entraîné à marcher à reculons.

但格里高尔还没有练习过倒着走。

Même Gregor admettrait que ce mouvement était beaucoup plus lent.

就连格里高尔也会承认，这个动作要慢得多。

Tout ce qu'il souhaitait, c'était avoir la possibilité de faire demi-tour.

但他想要的只是一个重新开始的机会。

Il serait alors allé directement dans sa chambre.

然后他就会直接回房间。

Mais il avait trop peur d'impatienter son père.

但他太害怕惹父亲不耐烦了。

Et il y avait la menace d'un coup de bâton.

而且还有人威胁要用棍子打人。

Un tel coup à l'arrière de la tête pourrait être fatal.

头部后侧受到这样的重击可能会致命。

Mais finalement, Gregor n'avait pas d'autre choix.

但最终格里高尔别无选择。

Il s'est rendu compte qu'il ne pouvait même plus marcher droit à reculons.

他意识到自己甚至无法笔直地倒退行走。

Il commença à se retourner aussi vite qu'il le put.

他开始尽可能快地转身。

Mais en réalité, ce mouvement de rotation était tout aussi lent.

但实际上，这种转变过程同样缓慢。

Et il fut suivi des regards anxieux du père.

父亲焦急的目光一直追随着他。

Peut-être le père avait-il remarqué les bonnes intentions de Gregor.

或许父亲察觉到了格里高尔的善意。

Parce qu'il ne l'a pas empêché de se retourner.

因为他没有阻止他转身。

Il a même utilisé le bout de son bâton pour guider la rotation.

他甚至用棍子的尖端来引导旋转。

Mais Gregor aurait préféré que son père ne lui ait pas sifflé dessus !

但格里高尔仍然希望父亲没有对他发出嘶嘶声！

Le sifflement ne fit qu'ajouter à la confusion du moment.

嘶嘶声更加剧了当时的混乱局面。

Puis il a commis une erreur et a tourné dans la mauvaise direction.

然后他走错了方向。

Finalement, il a réussi à se tourner dans la bonne direction.

最后他终于找到了正确的方向。

Et il était satisfait des progrès qu'il avait accomplis.

他对自己取得的进步感到满意。

Mais un autre problème est alors devenu encore plus évident.

但随后，下一个问题变得更加明显了。

Son corps était trop large pour passer facilement la porte.

他的体型太宽，很难穿过门。

Dans son état actuel, le père ne s'en est pas aperçu.

父亲当时神志不清，没有注意到这一点。

Il ne lui vint donc pas à l'esprit d'ouvrir davantage la porte.

所以他根本没想到要把门开得更大一些。

Il y aurait alors eu suffisamment de place pour Gregor.

那样的话，就有足够的空间容纳格里高尔了。

Sa seule priorité était de faire entrer Gregor dans sa chambre.

他当时唯一的目标就是把格里高尔带回房间。

Il aurait dû se lever pour passer la porte.

他必须站起来才能穿过这扇门。

Mais le père n'aurait pas permis une telle manœuvre.

但父亲绝不会允许这种做法。

En fait, il le sifflait encore plus sauvagement qu'avant.

事实上，他冲着他嘶嘶叫得比之前更加凶狠了。

On aurait dit qu'il y avait plus d'un homme qui lui sifflait dessus.

听起来好像不止一个人在对他发出嘶嘶声。

Ses revendications semblaient revêtir une nouvelle urgence.

他的诉求似乎变得更加迫切了。

Il n'y avait vraiment plus de temps à perdre.

现在真的没有时间再浪费了。

Quoi qu'il arrive, Gregor devait franchir la porte.

不管发生什么，格里高尔都必须穿过那扇门。

Il s'est imposé sans aucun égard pour lui-même.

他全然不顾自身安危，奋力前行。

Un côté de son corps fut projeté vers le haut par le mouvement.

由于这个动作，他身体的一侧被迫向上抬起。

Et il était allongé de travers, maladroitement, dans l'embrasure de la porte.

他笨拙地歪斜地躺在门口。

Un de ses flancs était à vif à cause du frottement contre le bois.

他的一侧肋部被木头磨得通红。

Et il avait laissé des taches disgracieuses sur la porte peinte en blanc.

他还在白色油漆门上留下了难看的污渍。

Les jambes d'un de ses côtés pendaient en tremblant dans le vide.

他一侧的双腿颤抖地悬在空中。

Ses autres jambes étaient douloureusement enfoncées dans le sol.

他的其他两条腿痛苦地压在地板上。

Bientôt, il allait se retrouver complètement coincé entre la porte et le mur.

很快他就会完全被卡在门缝里。

Et alors, il n'aurait plus pu bouger du tout.

那样的话，他就完全动弹不得了。

Mais le père lui a donné une forte impulsion véritablement libératrice.

但父亲给了他真正解放的强大推动力。

Et il tomba, ensanglanté, loin dans sa chambre.

他倒了下去，鲜血直流，跌进了房间深处。

Le père claqua la porte derrière lui avec sa canne.

父亲用棍子砰地一声关上了身后的门。

Et puis, enfin, le calme et la tranquillité revinrent.

然后，终于又恢复了平静。

Deuxième partie
第二部分

Gregor ne s'est réveillé que bien plus tard dans la journée.

格里高尔直到当天晚些时候才醒来。

Le crépuscule était tombé ; il avait dormi profondément, inconsciemment.

夜幕降临，他沉沉睡去，毫无知觉。

Il se serait réveillé même sans avoir été dérangé.

即使没人打扰他，他也会醒来。

Parce qu'il se sentait suffisamment reposé et avait bien dormi.

因为他感觉休息充分，睡眠充足。

Mais il crut entendre quelques pas furtifs à l'extérieur.

但他似乎听到了外面传来一阵匆匆的脚步声。

Et quelqu'un aurait pu refermer soigneusement la porte d'entrée.

或许有人已经小心地关上了前门。

La lumière du tramway électrique se projetait faiblement au plafond.

电车的灯光昏暗地投射在车顶上。

Le dessus du meuble a également reçu un peu de lumière.

家具顶部也照到了一些光线。

Mais en bas, au niveau de Gregor, il faisait sombre.

但是，在地面上，在格里高尔的高度，却是一片漆黑。

Ses jambes le poussèrent lentement de nouveau vers la porte.

他的双腿缓缓地再次将他推向门口。

Il était très curieux de voir ce qui s'était passé là-bas.

他非常好奇那里发生了什么事。

Mais le contrôle de ses antennes n'était pas encore développé.

développé.

但他对触须的控制能力尚未发展成熟。

Bien qu'il ait commencé à apprécier ces nouveaux capteurs.

虽然他开始欣赏这些新型传感器。

Une longue et disgracieuse cicatrice semblait lui barrer le flanc gauche.

他左侧似乎有一道又长又难看的疤痕。

La cicatrice lui donnait l'impression de contracter ce côté de son corps.

那道疤痕让他感觉身体的这一侧变得紧绷起来。

Il devait donc littéralement boiter en s'appuyant sur ses deux rangées de pattes.

所以他只能一瘸一拐地用两排腿走路。

L'une de ses jambes avait été grièvement blessée ce matin-là.

那天早上他的一条腿受了重伤。

C'était vraiment un miracle qu'il ne se soit pas cassé plus de jambes.

他没摔断更多腿，真是个奇迹。

Et il traîna donc sa jambe blessée, inerte, derrière lui.

于是，他拖着受伤的腿无力地走在身后。

Lorsqu'il atteignit la porte, il réalisa quelque chose de profond.

当他走到门口时，他意识到了一件意义深远的事情。

C'était l'odeur de quelque chose qui l'avait attiré là.

是某种气味把他引到了那里。

Quelque chose de comestible avait été laissé pour Gregor dans sa chambre.

有人在格里高尔的房间里给他留了一些可以吃的东西。

Des morceaux de pain blanc flottant dans un bol de lait sucré.

几块白面包漂浮在一碗甜牛奶中。

Il pouvait à peine contenir la joie qui l'habitait.

他几乎无法抑制内心的喜悦。

Il avait encore plus faim maintenant que le matin.

他现在比早上更饿了。

Il plongea aussitôt la tête dans le bol de lait.

他立刻把头浸入牛奶碗里。

Le lait lui recouvrait presque toute la tête, jusqu'aux yeux.

牛奶几乎浸透了他的整个头部，一直到他的眼睛。

Mais il a rapidement retiré sa tête, amèrement déçu.

但他很快就缩回了头，满心失望。

L'alimentation était difficile en raison de la fragilité de son côté gauche.

由于他左侧身体虚弱，进食很困难。

Et il ne pouvait manger qu'en haletant de tout son corps.

他只能通过全身喘息才能吃东西。

Mais ce n'était pas la véritable raison de sa déception.

但这并非他失望的真正原因。

Le lait avait toujours été l'un de ses plats préférés.

牛奶一直是他最喜欢的食物之一。

Il ne doutait pas que sa sœur s'en souvenait.

他毫不怀疑他妹妹记得这件事。

Et c'est pour cela qu'elle lui avait donné du lait.

这就是她给他喂牛奶的原因。

Il n'a pas su expliquer pourquoi il n'aimait plus le lait.

他无法解释自己为什么现在不喜欢牛奶。

Et il se détourna du bol presque à contrecœur.

他几乎是恋恋不舍地转过身，不再看那碗。

Déçu, il retourna en rampant au milieu de la pièce.

他失望地爬回了房间中央。

De là, il pouvait voir à travers la fente de la porte.

他透过门缝看到了外面。

Il pouvait voir que le feu était allumé dans le salon.

他看到客厅里的火已经点燃了。

Habituellement, à cette heure-ci, le père lisait le journal.

通常这个时候父亲会读报纸。

Il avait toujours l'habitude de lire à sa mère à voix haute.

他以前总是大声地给母亲读书。

Parfois, la sœur écoutait aussi les conversations du père.

有时妹妹也会偷听父亲说话。

Elle avait toujours parlé à Gregor de ces lectures à voix haute.

她总是把朗读这件事告诉格里高尔。

Mais aujourd'hui, aucun son ne provenait de la pièce.

但今天房间里却没有任何声音传来。

Peut-être cette habitude s'était-elle déjà perdue.

或许这个习惯已经不再养成了。

Un silence profond s'était installé dans tout l'appartement.

整个公寓里一片寂静。

Bien qu'il sût que l'appartement n'était certainement pas vide.

尽管他知道这间公寓肯定不是空的。

« Quelle vie tranquille mène cette famille », pensa Gregor.

"这一家人过着多么平静的生活啊，"格里高尔心想。

Et il fixa l'obscurité avec une grande fierté.

他骄傲地凝视着黑暗。

Il était fier de la vie qu'il avait pu leur offrir.

他为自己能够给予他们的生活而感到自豪。

Il était fier du bel appartement qu'ils occupaient.

他为他们居住的漂亮公寓感到自豪。

Mais cette paix était-elle sur le point de connaître une fin tragique ?

但这一切和平难道即将以可怕的方式结束吗？

Allait-on leur ravir leur prospérité ?

他们的财富会被夺走吗？

Leur bonheur était-il désormais incertain pour l'avenir ?

他们未来的幸福是否变得不确定了？

Mais il ne voulait pas se perdre dans de telles pensées.

但他不想让自己沉浸在这样的思绪中。

Pour s'occuper, il grimpait et descendait les murs.

为了打发时间，他便在墙上爬上爬下。

Durant cette longue soirée, une porte était entrouverte.

漫长的夜晚里，一扇门微微敞开着。

Et à un autre moment, l'autre porte s'ouvrit légèrement.

后来，另一扇门也微微打开了。

Mais à chaque fois, les portes se sont refermées aussitôt.

但两次门都很快又关上了。

De toute évidence, quelqu'un à l'extérieur souhaitait entrer.

显然，外面有人想要进来。

Mais ils avaient aussi trop d'inquiétudes à l'idée de venir.

但他们对入境也有太多顾虑。

Gregor s'arrêta alors net devant la porte du salon.

格雷戈尔径直停在了客厅门口。

Il était déterminé à trouver un moyen de tenter le visiteur hésitant.

他决心想办法引诱这位犹豫不决的访客。

Il voulait aussi savoir qui était le visiteur.

他还想知道来访者是谁。

Mais ce soir-là, la porte ne fut pas ouverte une troisième fois.

但那天晚上，门没有第三次被打开。

Et Gregor passa son temps à attendre en vain près de la porte.

格里高尔徒劳地在门口等待着。

Plus tôt dans la journée, ils avaient tous voulu entrer dans la pièce.

当天早些时候，他们都想进这个房间。

Maintenant que les portes étaient déverrouillées, ce serait plus facile pour eux.

现在门锁打开了，对他们来说就更容易了。

Mais ils ont choisi de rester de l'autre côté de la pièce.

但他们选择待在房间的另一边。

Gregor remarqua que les clés n'étaient plus dans leurs serrures.

格里高尔发现钥匙不在锁里了。

Quelqu'un a dû déplacer les clés vers la serrure extérieure.

肯定有人把外面的锁钥匙换走了。

Ce n'est que tard dans la nuit que la lumière du salon était éteinte.

直到深夜，客厅的灯才会关掉。

La famille a dû rester éveillée tout ce temps.

这家人肯定全程都没睡。

Et Gregor pouvait clairement les entendre s'éloigner sur la pointe des pieds.

格里高尔能清楚地听到他们蹑手蹑脚地走开的声音。

Désormais, personne n'allait venir voir Gregor avant le lendemain matin.

现在，直到早上，都不会有人来找格里高尔了。

Il eut donc tout le temps d'être seul, de réfléchir en toute tranquillité.

所以他有很长一段时间独处，不受打扰地思考。

Quelle serait la meilleure façon de réorganiser sa vie maintenant ?

现在重新安排他的生活最好的方法是什么？

Mais les hauts murs de la pièce vide l'effrayaient.

但空荡荡的房间高高的墙壁让他感到害怕。

Il n'avait pas d'autre choix que de s'allonger à plat ventre sur le sol.

他别无选择，只能平躺在地上。

Et il n'a jamais trouvé la cause de sa peur dans cet espace.

但他始终没能在那个空间里找到恐惧的根源。

C'était la même pièce où il avait vécu pendant cinq ans.

这是他住了五年的同一个房间。

Semi-consciemment, il fit un mouvement vers le canapé.

他半梦半醒间朝沙发迈了一步。

Et sans aucune honte, il se cacha sous le canapé.

他毫无羞耻心地躲到了沙发底下。

Là-bas, il se sentit immédiatement de nouveau très à l'aise.

到了下面，他立刻又感觉非常舒适了。

Bien que son dos soit un peu comprimé.

尽管他的背部有点被压住了。

Il ne pouvait plus non plus lever la tête sous le canapé.

他再也无法把头从沙发底下抬起来了。

Mais même cela, il préférait éviter de se trouver dans un espace ouvert.

但他宁愿待在这样的地方，也不愿待在任何开阔地带。

Il regrettait toutefois que son corps soit si large.

然而，他确实后悔自己的身材太胖了。

Le canapé ne pouvait pas recouvrir entièrement son corps.

沙发无法完全遮住他的身体。

Il est resté sous le canapé toute la nuit.

他整晚都躲在沙发底下。

Il passa la nuit à moitié endormi, troublé par sa faim.

他整夜半睡半醒，饥饿难耐。

Et le temps qu'il passait éveillé, il le consacrait soit à s'inquiéter, soit à espérer.

而他醒着的时候，要么在担忧，要么在充满希望。

Mais tous ses vagues espoirs menaient à la même conclusion.

但他所有模糊的希望最终都指向了同一个结论。

Il n'avait d'autre choix que de rester silencieux pour le moment.

他别无选择，只能暂时保持沉默。

Il devait faire preuve de patience et de considération envers la famille.

他必须对这家人表现出耐心和体谅。

C'était le seul moyen de rendre ce désagrément supportable.

这是唯一能让这种不便变得可以忍受的方法。

Le désagrément qu'il imposait désormais à la famille.

他现在给这个家庭带来了诸多不便。

Il n'a pas eu à attendre longtemps pour prouver sa compassion.

他无需等待太久就证明了自己的仁慈。

Tôt le matin, sa sœur jeta un coup d'œil dans sa chambre.

清晨，妹妹往他的房间看了一眼。

En réalité, c'était autant la nuit que le matin.

虽然实际上那段时间既有夜晚也有早晨。

Elle était entièrement habillée et semblait éprouver de l'excitation.

她衣着完整，看起来很兴奋。

La solidité de sa décision nouvellement prise pourrait être mise à l'épreuve.

他新做出的决定是否有效还有待检验。

Elle ne l'a pas immédiatement repéré au premier coup d'œil.

她第一眼并没有立刻找到他。

Il devait forcément être quelque part ; il n'aurait pas pu s'envoler.

他肯定身处某个地方；他不可能飞走。

Puis son regard parcourut une seconde fois la pièce.

但随后她的目光又扫视了一遍房间。

Et cette fois, elle a aperçu son torse sous le canapé.

这一次，她发现他的上半身蜷缩在沙发底下。

Elle était si effrayée qu'elle a perdu tout contrôle d'elle-même.

她吓坏了，完全失去了自控能力。

Et sa première réaction fut de claquer la porte à nouveau.

她的第一反应是再次砰地一声关上门。

Mais elle a aussi semblé immédiatement regretter son comportement.

但她似乎也立刻对自己的行为感到后悔。

Aussitôt qu'elle eut claqué la porte, elle la rouvrit.

她砰地一声关上门，随即又打开了。

Et cette fois, elle entra dans la pièce sur la pointe des pieds.

这一次，她踮着脚尖轻轻地走进了房间。

Elle se déplaçait comme si elle rendait visite à une personne gravement malade.

她的举止就像是在探望一位重病患者。

Ou bien elle rendait visite à un parfait inconnu.

或者她当时可能是在拜访一个完全陌生的人。

Gregor poussa sa tête presque jusqu'au bord du canapé.

格里高尔把头几乎顶到了沙发边缘。

Et, caché sous le coffre-fort, il l'observait dans la pièce.

他躲在保险箱下面，看着房间里的她。

Allait-elle remarquer qu'il avait oublié le lait ?

她会注意到他把牛奶落下了吗？

Il n'avait pas laissé le lait par manque de faim.

他离开牛奶并不是因为不饿。

Allait-elle lui apporter un autre plat ?

她是不是打算给他带别的食物？

Peut-être un plat qui corresponde mieux à ses goûts.

或许是更符合他口味的菜肴。

Mais elle aurait dû remarquer elle-même son appétit.

但她必须自己注意到他的食欲才行。

Il aurait préféré mourir de faim plutôt que de lui en parler.

他宁愿饿死也不愿让她知道这件事。

En réalité, il aurait beaucoup aimé le lui dire.

其实他很想告诉她。

Il était vraiment tenté de tirer sur lui depuis sous le canapé.

他当时真想从沙发底下跳出来。

Il avait envie de se jeter aux pieds de sa sœur.

他想跪倒在姐姐脚下。

Et il voulait lui demander quelque chose de bon à manger.

他想问她要点好吃的。

Mais la sœur regarda alors le bol de lait.

但随后，姐姐的目光转向了那碗牛奶。

Elle remarqua aussitôt que le bol était encore plein.

她立刻注意到碗里还是满的。

Elle était plutôt surprise que Gregor n'ait rien mangé.

她很惊讶格里高尔竟然什么都没吃。

Seul un peu de lait avait été renversé sur le sol.

地板上只洒了一点牛奶。

Elle a aussitôt ramassé le bol et l'a emporté.

她立即拿起碗，端了出去。

Il vit qu'elle ne ramassait pas le bol à mains nues.

他发现她并没有用手直接拿起碗。

Au lieu de cela, elle ramassa le bol à l'aide d'un des chiffons.

她没有用抹布，而是用抹布把碗拿起来。

Mais Gregor oublia très vite ce petit détail.

但格里高尔很快就忘记了这个小细节。

Il était désormais beaucoup plus enthousiaste à propos d'autre chose.

他现在对另一件事更感兴趣。

Qu'est-ce qu'elle pourrait apporter à la place du lait ?

她会带什么来代替牛奶呢?

Il avait diverses idées sur ce qu'elle pourrait apporter.

他脑海里浮现出各种各样的想法，猜测她可能会带来什么。

Mais la gentillesse de sa sœur a dépassé ses espérances.

但他妹妹的善良超出了他的预期。

Elle comprit qu'elle devait tester ses nouveaux goûts.

她意识到自己必须试探一下他的新口味是什么。

Elle a donc apporté toute une sélection de plats différents.

所以她带来了各种各样的食物。

Légumes à moitié pourris, os du repas du soir.

半腐烂的蔬菜，晚餐剩下的骨头。

De la sauce solidifiée provenant de leur autre repas.

这是他们之前吃的饭菜里剩下的凝固的酱汁。

Quelques raisins secs, des amandes, du pain sec, du pain beurré.

几颗葡萄干，一些杏仁，干面包，涂了黄油的面包。

Du pain beurré et salé.

一些涂了黄油并加了盐的面包。

Du fromage que Gregor avait déclaré immangeable il y a deux jours.

两天前格雷戈尔宣布无法食用的奶酪。

Toute cette sélection de nourriture était disposée sur un journal.

所有这些食物都被摆放在一张报纸上。

Elle a également placé un bol d'eau à côté de ses repas.

她还在他的饭菜旁边放了一碗水。

Elle savait que Gregor n'aurait pas mangé devant elle.

她知道格里高尔不会在她面前吃东西。

Par respect pour lui, elle quitta de nouveau la pièce.

出于对他的尊重，她再次离开了房间。

Et elle a même tourné la clé dans la serrure en partant.

她离开时甚至还转动了锁孔里的钥匙。

Mais elle tourna la clé très doucement et avec précaution.

但她转动钥匙的动作非常轻柔小心。

De cette façon, seul Gregor saurait que la porte était verrouillée.

这样只有格里高尔才会知道门锁了。

Il pouvait désormais s'installer aussi confortablement qu'il le souhaitait.

现在他可以随心所欲地让自己感到舒适了。

Les jambes de Gregor s'agitaient frénétiquement à l'heure du repas.

到了吃饭时间，格雷戈尔的双腿就开始飞快地转动。

Il est à noter qu'il ne ressentait plus aucune gêne.

值得注意的是，他不再感到任何不适。

Ses blessures doivent déjà être complètement guéries.

他的伤口肯定已经完全愈合了。

Parce qu'il ne ressentait plus ses anciens handicaps.

因为他不再感到以前的残疾了。

Sa nouvelle capacité de guérison le surprit et l'émerveilla.

他新获得的治愈能力让他既惊讶又惊奇。

Il y a plus d'un mois, il s'est coupé le doigt avec un couteau.

一个多月前，他用刀割伤了手指。

Il y a encore deux jours, cette blessure le faisait souffrir.

直到两天前，他的伤口仍然疼痛难忍。

« Suis-je beaucoup moins sensible maintenant ? » pensa-t-il.

"我现在敏感度降低很多了吗？"他心想。

À ce moment-là, il suçait déjà goulûment le fromage.

此时他已经贪婪地吮吸着奶酪了。

Il était plus attiré par le fromage que par les autres aliments.

相比其他食物，他更喜欢奶酪。

Il mangeait rapidement un morceau de fromage après l'autre.

他迅速地一块接一块地吃掉了奶酪。

Ses yeux s'embuèrent de satisfaction à la vue de ce goût.

他尝到味道后，眼中充满了满足的泪水。

Après le fromage, il mangea les légumes et la sauce.

吃完奶酪后，他又吃了蔬菜和酱汁。

Cependant, les aliments frais ne lui plaisaient pas.

然而，他却觉得新鲜食物不好吃。

En fait, il ne supportait même pas l'odeur des aliments frais.

事实上，他甚至无法忍受新鲜食物的气味。

Il a même éloigné les autres aliments des aliments frais.

他甚至把其他食物从新鲜食物旁边拖走了。

Et il a très vite terminé la nourriture la plus comestible.

他很快就把最能吃的食物吃光了。

Tous ces mets délicieux avaient un effet soporifique sur lui.

所有美味的食物都让他昏昏欲睡。

Et il s'allongea paresseusement à l'endroit où il avait mangé.

他懒洋洋地躺在他吃东西的地方。

Finalement, sa sœur est revenue prendre de ses nouvelles.

最后，他姐姐又来看望他了。

Elle a eu la prévoyance de tourner la clé très lentement.

她很有先见之明，慢慢地转动钥匙。

Cela a averti Gregor qu'il devait se retirer.

这给了格里高尔一个警告，他应该撤退。

Étourdi et surpris, il se précipita sous le canapé.

他惊愕不已，慌忙躲回沙发底下。

Mais rester sous le canapé n'était pas si facile cette fois-ci.

但这次躲在沙发底下可没那么容易。

Son corps s'était un peu arrondi à cause de toute cette nourriture.

因为吃得太饱，他的身材变得有点圆润了。

Et il devait se retenir pour ne pas s'épuiser à nouveau.

他必须克制自己，才没有再次跑出去。

Même si la sœur n'est pas restée longtemps dans la chambre.

尽管妹妹在房间里待的时间并不长。

Il avait du mal à respirer dans cet espace étroit.

在那个狭窄的空间里，他呼吸困难。

Mais il a surmonté ces petites crises d'étouffement.

但他还是克服了偶尔的窒息感。

Les yeux exorbités, il observait les agissements de sa sœur.

他瞪大了眼睛，观察着妹妹的一举一动。

La sœur, sans se douter de rien, a tout versé dans un seau.

毫不知情的妹妹把所有东西都倒进了桶里。

Elle s'est non seulement débarrassée de la nourriture que Gregor n'avait pas mangée, mais elle l'a fait.

她不仅扔掉了格里高尔没吃完的食物。

Mais elle jetait aussi la nourriture qu'il n'avait pas touchée.

但她也会处理掉他没动过的食物。

Apparemment, cet aliment n'était plus comestible pour personne.

显然，那些食物现在对任何人来说都不能吃了。

Elle referma ensuite le seau à nourriture avec un couvercle en bois.

然后她用木盖盖住了食物桶。

Et avec la nourriture, le seau et la serpillière, elle est partie.

她带着食物、水桶和拖把离开了。

Gregor n'aurait pas pu attendre beaucoup plus longtemps.

格里高尔再也等不了多久了。

Dès qu'elle fut partie, il s'échappa de sous le canapé.

她一走，他就从沙发底下溜了出来。

Il s'étira et souffla de soulagement.

他伸展开身体，长舒了一口气，如释重负。

C'est ainsi que Gregor recevait de la nourriture de temps à autre.

从此以后，格里高尔就一直这样得到食物。

Sa sœur lui a donné à manger une fois, tôt le matin.

他姐姐清晨给他喂过一次食物。

À cette heure-ci, les parents et la bonne dormaient encore.

这时，父母和女佣都还在睡觉。

Et il a reçu un deuxième repas après le déjeuner de tout le monde.

大家吃完午饭后，他又吃了一顿饭。

Car à ce moment-là, les parents dormaient aussi un peu.

因为那时父母也睡了一会儿。

Et la servante fut envoyée par la sœur faire une course.

女佣被姐姐打发去办事了。

Ils n'avaient certainement aucune intention de laisser Gregor mourir de faim.

他们当然没有打算饿死格里高尔。

Mais ils n'auraient pas voulu le regarder manger non plus.

但他们也不想看他吃饭。

Les informations fournies par la sœur étaient suffisantes.

姐姐提供的信息已经足够了。

C'était peut-être sa façon d'épargner aux parents leur chagrin.

或许这是她为了减轻父母的悲痛而采取的方式。

Ils avaient déjà suffisamment souffert de ses actes.

他们已经因他的行为遭受了太多痛苦。

Le premier jour s'estompait peu à peu dans les mémoires.

第一天的情景渐渐成为遥远的记忆。

Gregor n'avait aucun moyen de savoir ce qui s'était passé ce jour-là.

格里高尔无从得知那天发生了什么事。

Comment le serrurier a-t-il été conduit hors de l'appartement ?

锁匠是如何被引导出公寓的？

Quelles excuses ont finalement satisfait le médecin ?

医生最终对哪些借口感到满意？

Il n'avait trouvé aucun moyen de se faire comprendre.

他找不到任何办法让别人理解他。

Il n'a même pas réussi à communiquer avec sa sœur.

他甚至都没能和妹妹取得联系。

Ils en conclurent donc qu'il ne pouvait pas les comprendre.

所以他们认为他无法理解他们。

C'est pourquoi aucun effort ne fut fait pour lui parler.

因此，没有人尝试与他交谈。

Sa sœur venait dans sa chambre tous les matins et à midi.

他妹妹每天早上和中午都会进他的房间。

Mais il devait se contenter d'entendre ses soupirs.

但他只能听听她的叹息声。

Plus tard, elle s'est un peu plus habituée à la forme de Gregor.

后来她渐渐习惯了格里高尔的体型。

Et elle se sentait un peu plus libre de faire davantage de remarques.

她感到自己有了更多发言的自由。

(Même si elle ne s'y habituerait jamais complètement.)

（尽管她永远也无法完全习惯他。）

Et puis Gregor eut de nouveau l'impression qu'on lui parlait un peu plus.

然后，格里高尔感觉自己又有人跟他说话了。

Et il a perçu ce qu'il considérait comme des commentaires amicaux.

他还听到了一些他认为是友好的评论。

"Il a apprécié son repas aujourd'hui", ou "il a tout mangé".

"他今天吃得很开心"，或者"他把所有东西都吃光了"。

Mais cela n'arrivait que lorsqu'il avait fini de manger.

但那只是在他吃完所有食物之后的事。

Mais récemment, cela devenait de plus en plus rare.

但最近这种情况越来越少见了。

« Il touchait à peine à sa nourriture », disait-elle plus souvent maintenant.

"他几乎没怎么吃东西，"她现在经常这样说。

Et il y avait une pointe de tristesse dans sa voix à chaque fois.

而且她每次说话时，语气中都带着一丝悲伤。

Gregor ne pouvait entendre aucune autre nouvelle plus directement.

格雷戈尔无法更直接地听到任何其他消息。

Mais il a entendu beaucoup de choses se dire dans les pièces voisines.

但他从隔壁房间听到了很多消息。

Lorsqu'il a entendu des voix, il a couru vers la porte correspondante.

他听到人声后，就跑向了相应的门。

Et il a plaqué tout son corps contre la porte pour entendre.

他把全身贴在门上，想听清楚。

Toutes les conversations le concernaient d'une manière ou d'une autre.

所有谈话都或多或少与他有关。

Même lorsque le sujet semblait porter sur autre chose.

即使话题看似与此无关。

Cette observation était particulièrement vraie au début.

这一点在早期尤其如此。

À chaque repas, ils répétaient la même discussion.

每顿饭他们都重复着同样的话题。

Ils ne savaient toujours pas comment se comporter en sa présence.

他们仍然不确定该如何与他相处。

Mais le même sujet a également été abordé entre les repas.

但同样的话题也在两餐之间被讨论过。

Parce qu'il y avait toujours deux membres de la famille à la maison.

因为家里总是有两个家庭成员。

Personne ne voulait rester seul à la maison.

谁都不愿意独自待在房子里。

Mais laisser l'appartement vide était également hors de question.

但让公寓空置也是绝对不可能的。

La femme de ménage était la seule à ne pas être attachée à l'appartement.

只有女佣没有被束缚在公寓里。

Elle avait déjà demandé à partir dès le premier jour.

她第一天就提出要离开。

Elle s'est agenouillée et a supplié qu'on la renvoie.

她跪下来恳求被解雇。

La famille ignorait l'étendue des connaissances de la bonne.

这家人并不知道女佣究竟知道多少。

À ce stade, elle n'en avait pas vu plus que quiconque.

当时她所见所闻并不比其他人多。

Ce qui s'était passé restait un mystère pour la famille.

对于这个家庭来说，究竟发生了什么仍然是个谜。

Mais un quart d'heure plus tard, elle fit ses adieux.

但一刻钟后，她便告别了。

Et elle a remercié la famille, les larmes aux yeux.

她含着泪向这家人道谢。

Mais en réalité, elle les remerciait de l'avoir libérée.

但她其实是感谢他们释放了她。

Ils semblaient lui avoir témoigné la plus grande bienveillance.

他们似乎对她非常友善。

Elle a même prêté serment, sans qu'on le lui demande.

她甚至在没有被要求的情况下发了誓。

Elle a dit qu'elle ne dirait à personne ce qui s'était passé.

她说她不会告诉任何人发生了什么事。

Désormais, la sœur devait cuisiner avec sa mère.

现在妹妹不得不和妈妈一起做饭了。

Mais ce n'était pas vraiment un inconvénient majeur.

但这其实并没有造成太大的不便。

Parce que de toute façon, ils n'avaient presque rien mangé tous les deux.

因为他们俩本来就几乎没吃什么东西。

Gregor surprenait sans cesse la même conversation.

格里高尔一次又一次地听到同样的对话。

L'un disait à l'autre qu'il devait manger davantage.

一个人告诉另一个人，他们得多吃点。

Mais cette personne n'a reçu aucune réponse de son interlocuteur.

但那个人没有收到对方的回复。

« Merci, j'en ai assez », ou quelque chose de similaire.

"谢谢，我够了。" 或者类似的话。

Peut-être qu'eux non plus ne buvaient plus rien.

或许他们也不再喝任何东西了。

Sa sœur demandait souvent à son père s'il voulait de la bière.

妹妹经常问父亲要不要喝啤酒。

Et elle a proposé chaleureusement d'aller chercher la bière elle-même.

她热情地提出亲自去拿啤酒。

Le père gardait toujours le silence à sa demande.

父亲始终按照她的要求保持沉默。

La sœur devait donc trouver un moyen de dissiper tout doute.

所以妹妹必须想办法消除所有疑虑。

Et elle a dit qu'elle enverrait la bonne chercher de la bière.

她说她会派女佣去买些啤酒。

Mais finalement, le père a dit un grand « non » retentissant.

但随后，父亲终于大声地说了一声"不"。

Puis, on n'a plus évoqué le fait qu'il boive une bière.

之后，关于他喝啤酒的话题就再也没有被提及。

Il avait déjà expliqué la situation financière auparavant.

他之前已经解释过财务状况了。

En fait, il a évoqué les finances dès le premier jour.

事实上，他第一天就提到了财务问题。

Il leur a bien fait comprendre quelles étaient les perspectives.

他让他们清楚地了解了前景如何。

Sa propre entreprise avait fait faillite il y a environ cinq ans.

他自己的公司大约五年前倒闭了。

De temps en temps, il se levait pour quitter la table.

他时不时会站起来离开餐桌。

Et il se dirigea vers la caisse de son ancien commerce.

然后他走到他以前店里的收银台前。

Il avait conservé la caisse enregistreuse par sentimentalisme.

他出于怀旧之情保留了收银机。

Gregor l'entendit déverrouiller une serrure lourde et complexe.

格里高尔听到他打开一把沉重而复杂的锁。

Et il sortit des reçus et des livres de comptes de la caisse.

他从收银箱里拿出收据和账簿。

Après avoir pris les objets, il a refermé la caisse à clé.

拿走物品后，他又把钱箱锁上了。

Gregor n'avait entendu aucune bonne nouvelle depuis son emprisonnement.

格里高尔自被囚禁以来，没有听到过任何好消息。

Il pensait que l'entreprise avait ruiné son père.

他认为父亲的生意让他破产了。

Le père avait certainement donné cette impression à Gregor.

父亲确实给格里高尔留下了这样的印象。

Et Gregor ne lui a plus jamais posé de questions sur les finances.

格里高尔再也没有问过他关于财务方面的问题。

Gregor voulait faire tout son possible pour aider la famille.

格雷戈尔想尽一切办法帮助这个家庭。

Il voulait les aider à oublier leurs difficultés financières.

他想帮助他们忘记生意上的不幸。

La faillite qui a engendré un désespoir total.

导致彻底绝望的破产。

Il s'est donc mis à travailler avec une passion toute particulière.

于是他开始怀着无比的热情投入工作。

Il était devenu représentant de commerce itinérant presque du jour au lendemain.

他几乎一夜之间就成了旅行推销员。

Avant cela, il n'avait travaillé que comme commis mal payé.

在此之前，他只是个收入微薄的职员。

Il avait désormais des opportunités de gains complètement différentes.

现在他有了完全不同的赚钱机会。

Les ventes réussies pouvaient être immédiatement converties en liquidités.

成功的销售可以立即转化为现金。

L'argent étant bien sûr versé sur ses commissions.

当然，这些现金是从他的佣金中支付的。

Désormais, Gregor pouvait mettre de l'argent sur la table familiale.

现在格雷戈尔能够挣钱补贴家用了。

Et ils étaient étonnés et ravis de ses gains.

他们对他的收入感到惊讶和高兴。

Mais ces beaux moments ne se reproduiront plus.

但那些美好的时光不会再重现了。

Ils commençaient tout juste à s'habituer à cette période faste.

他们才刚刚习惯了这段美好的时光。

À chaque paie, la famille acceptait l'argent avec gratitude.

每逢发薪日，一家人都会欣然接受这笔钱。

Et Gregor était tout aussi heureux de remettre l'argent.

格里高尔也同样乐意交出这笔钱。

Mais la chaleureuse affection qu'elle suscitait en retour s'est peu à peu éteinte.

但是，对方给予的温暖感情却渐渐消逝了。

Seule sa sœur restait aussi proche de Gregor qu'auparavant.

只有他的妹妹仍然像以前一样与格里高尔亲近。

Elle, contrairement à Gregor, avait une profonde appréciation pour la musique.

与格里高尔不同，她对音乐有着深刻的欣赏。

Et elle savait jouer du violon d'une manière très touchante.

而且她拉小提琴拉得非常动人。

Gregor avait secrètement prévu de l'envoyer dans une école de musique.

格里高尔暗中计划送她去音乐学校。

Il n'avait pas encore décidé comment il réglerait les dépenses.

他还没决定如何支付这些费用。

Mais d'une manière ou d'une autre, il couvrirait les frais.

但他总会想办法弥补这些费用。

De temps en temps, Gregor et sa famille partaient en courts séjours.

格雷戈尔和家人偶尔会进行短途旅行。

Gregor et sa sœur abordaient souvent ce sujet.

格里高尔和妹妹经常提起这个话题。

Mais cela n'a jamais été évoqué que comme une idée merveilleuse.

但它始终只是被当作一个绝妙的想法提及而已。

Ils ne croyaient pas vraiment que ce rêve puisse se réaliser.

他们其实并不相信这个梦想能够实现。

Et les parents n'appréciaient pas de telles ambitions fantaisistes.

父母并不喜欢这种不切实际的抱负。

Même lorsque le sujet a été abordé de manière tout à fait innocente.

即使这个话题是出于非常无辜的目的提出的。

Mais Gregor continuait de penser à l'école de musique.

但格里高尔仍然惦记着音乐学校的事。

Et il prévoyait d'annoncer le cadeau la veille de Noël.

他计划在圣诞夜宣布这份礼物。

Bien sûr, dans son état actuel, ce serait impossible.

当然，以他目前的状况，这是不可能的。

Mais ce genre de pensées lui traversait l'esprit.

但他的脑海中确实闪过这样的想法。

Et telles étaient les pensées qui lui traversaient l'esprit en écoutant sa famille.

他一边听着这家人讲述，一边想着这些事。

Parfois, il était trop fatigué pour continuer à les écouter.

有时他太累了，听不下去了。

Sa tête s'est affaissée contre la porte, rongée par la fatigue.

他疲惫不堪，头重重地撞在了门上。

Mais il appuya aussitôt de nouveau sa tête contre la porte.

但他随即又把头靠在了门上。

Car même le moindre bruit s'entendait à l'extérieur.

因为外面哪怕最轻微的声响都能听到。

Et le moindre bruit qu'il faisait plongeait la famille dans le silence.

他发出的任何动静都会让全家人安静下来。

« Que fait-il maintenant ? » demanda le père à sa famille.

"他现在在做什么？"父亲问家人。

Il alla à la porte pour vérifier d'où venait le bruit.

于是他走到门口查看是什么声音。

Puis la conversation interrompue a repris progressivement.

然后，中断的谈话逐渐恢复了下来。

Mais les paroles du père ont agréablement surpris tout le monde.

但父亲的话却出乎所有人的意料，令人惊喜。

Gregor apprit alors la véritable situation financière.

格里高尔现在终于了解了财务上的真实情况。

Malgré tous ces malheurs, il y a eu aussi un peu de chance.

尽管遭遇了种种不幸，但也迎来了一些好运。

Une petite fortune d'antan était encore là.

那里还留着以前积累的一小笔财富。

Le père a expliqué les choses, mais a dû se répéter.

父亲解释了一番，但不得不重复好几遍。

Parce qu'il ne s'était pas occupé de ces choses depuis un certain temps.

因为他已经很久没有处理这些事情了。

Et parce que la mère ne comprenait pas de telles choses.

因为母亲不懂这些事。

Les taux d'intérêt de la banque avaient légèrement augmenté.

银行的利率略有上涨。

L'argent non utilisé avait augmenté plus que prévu.

未动用的资金增长幅度超出预期。

De plus, Gregor leur avait toujours donné ses économies.

此外，格里高尔一直都把自己的积蓄给他们。

Il n'avait jamais gardé que quelques florins pour lui-même.

他一生中只给自己留下了寥寥几个荷兰盾。

Et son argent n'avait pas été entièrement dépensé.

而且他的钱也还没有完全花光。

Ensemble, ces sommes avaient constitué un petit capital.

这些钱积攒起来也算是一笔小数目了。

Gregor, derrière sa porte, hocha la tête avec enthousiasme à la nouvelle.

门后的格里高尔听到这个消息，急切地点了点头。

Il était ravi de cette prudence et de cette frugalité inattendues.

他对这种出乎意料的谨慎和节俭感到欣喜。

Les fonds excédentaires auraient pu servir à rembourser la dette.

多余的资金原本可以用来偿还债务。

Ils n'auraient alors plus rien dû au patron.

这样一来，他们就不再欠老板任何东西了。

Et Gregor aurait pu changer d'emploi bien plus tôt.

格雷戈尔本来可以更早找到新工作。

Mais la façon dont le père s'y était pris était bien meilleure maintenant.

但现在父亲的安排要好得多。

L'argent ne suffisait pas tout à fait pour vivre des intérêts.

这点钱不够靠利息生活。

Et il a fallu mettre de l'argent de côté pour les urgences.

而且必须预留一些钱以备不时之需。

Cela n'aurait suffi que pour un an ou deux.

这笔钱只够维持一两年的生活。

Cela signifiait que quelqu'un devait gagner de l'argent pour qu'ils puissent vivre.

这意味着必须有人赚钱养活他们。

Le père n'était pas malade et il était assez fort.

父亲身休健康，而且身体强壮。

Mais il était sans emploi depuis plus de cinq ans.

但他已经失业五年多了。

Et, du fait de son âge, il lui restait peu de confiance en lui.

而且，由于年纪大了，他几乎失去了所有自信。

Il avait également pris beaucoup de poids ces derniers temps.

他最近体重也增加了不少。

Sa vie avait toujours été ardue et infructueuse.

他的一生一直艰辛而又不成功。

Et c'étaient les premières vacances qu'il ait jamais prises.

这是他有生以来的第一个假期。

Et, faute d'être occupé, il était devenu assez maladroit.

因为闲着没事干，他变得相当笨拙。

Ne serait-il pas préférable que la vieille mère gagne l'argent ?

如果让老母亲自己挣钱，会不会更好？

La vieille mère qui souffrait d'asthme.

那位患有哮喘的老母亲。

La vieille mère qui peinait à monter les escaliers.

那位步履蹒跚、难以爬上楼梯的老母亲。

La vieille mère qui passait son temps allongée sur le canapé.

那位整天躺在沙发上的老母亲。

La vieille mère qui préférait rester près de la fenêtre.

那位喜欢待在窗边的老母亲。

Pour qu'elle puisse reprendre son souffle quand elle en aurait besoin.

这样她就能在需要的时候喘口气。

Ne serait-il pas préférable que ce soit la jeune sœur qui gagne l'argent ?

如果让妹妹挣钱，会不会更好？

La sœur, qui à dix-sept ans n'était encore qu'une enfant.

妹妹当时十七岁，还只是个孩子。

La sœur qui ne connaissait que quelques modestes plaisirs.

妹妹只有一些简单的快乐。

La sœur qui aimait surtout jouer du violon.

姐姐主要喜欢拉小提琴。

Elle savait que son mode de vie antérieur était très enviable ;

她知道自己以前的生活方式非常令人羡慕；

Bien s'habiller, faire la grasse matinée, aider à la maison.

穿着得体，睡到自然醒，帮忙做家务。

La conversation tournait souvent autour de la nécessité de gagner de l'argent.

谈话内容经常会转到赚钱的话题上。

Gregor était toujours le premier à lâcher la porte.

格雷戈尔总是第一个松开门把手的人。

Cette conversation l'avait rempli de honte et de chagrin.

这段对话让他羞愧难当，悲痛欲绝。

Il se laissa donc tomber sur le canapé en cuir qui refroidissait.

于是他一头栽倒在凉爽的皮沙发上。

Et il passait souvent le reste de la nuit sur le canapé.

他经常在沙发上度过余下的夜晚。

Il ne dormait jamais vraiment sur le canapé, ni la nuit.

他从来没有真正睡在沙发上，晚上也没有。

Souvent, il se contentait de gratter le cuir pendant des heures.

他常常一连几个小时不停地抓挠皮革。

D'autres fois, il poussait le fauteuil jusqu'à la fenêtre.

有时他会把扶手椅推到窗边。

Cela a nécessité à lui seul beaucoup d'efforts de sa part.

单单这一点就需要他付出巨大的努力。

Le fauteuil l'a aidé à ramper jusqu'au rebord de la fenêtre.

扶手椅帮助他爬上了窗台。

Et de là, il put s'appuyer contre la fenêtre.

他从那里可以倚靠在窗户上。

Il éprouvait un grand sentiment de liberté en faisant cela.

他过去常常从这样做中获得极大的自由感。

Peut-être recherchait-il une sensation de liberté d'antan.

也许他是在寻找某种曾经让他感到自由自在的感觉。

Mais sa vue n'était plus aussi perçante qu'avant.

但他的视力不如以前那么敏锐了。

Les objets situés à une certaine distance étaient flous et indistincts.

稍远处的物体模糊不清。

Il ne pouvait plus voir l'hôpital de l'autre côté de la rue.

他再也看不到马路对面的医院了。

Avant, il maudissait le paysage, maintenant il voulait le voir.

他之前还咒骂这景色，现在却想看它了。

Il savait qu'il habitait dans la paisible Charlottenstrasse, en pleine ville.

他知道自己住在安静的都市街区夏洛滕大街。

Mais il a peut-être cru qu'il regardait vers le désert.

但他可能以为自己看到的是沙漠。

Un désert où le ciel gris et la terre grise se confondaient.

一片荒芜之地，灰色的天空与灰色的土地融为一体。

La sœur attentive remarqua à deux reprises que la chaise avait bougé.

细心的姐姐两次注意到椅子移动了位置。

Après avoir rangé, elle a repoussé la chaise vers la fenêtre.

收拾完毕后，她把椅子推回窗边。

Et désormais, elle laissait même la fenêtre ouverte.

从那以后，她甚至连窗户都敞开着。

Gregor aurait vraiment souhaité pouvoir parler à sa sœur.

格里高尔真希望自己能和姐姐说说话。

Il voulait la remercier pour tout ce qu'elle avait fait pour lui.

他想感谢她为他所做的一切。

Il aurait alors plus facilement toléré leurs services.

那样的话，他就能更容易地容忍他们的服务了。

Mais en l'état actuel des choses, il souffrait de son aide.

但事实上，她的帮助反而让他吃了苦头。

La sœur, bien sûr, a tenté de dissimuler la gêne.

当然，妹妹试图掩盖尴尬。

Et elle faisait de son mieux pour feindre de ne pas se sentir accablée.

她竭力装作不觉得负担沉重。

Bien sûr, c'est quelque chose qu'elle devait d'abord pratiquer.

当然，这需要她先练习一下。

Et plus le temps passait, plus elle devenait douée.

时间越久，她就越熟练。

Mais Gregor eut également plus de temps pour constater sa supercherie.

但格里高尔也因此有更多的时间看穿她的伪装。

Même son entrée dans sa chambre était une épreuve pour lui.

就连她走进他的房间对他来说都是一种折磨。

Dès qu'elle est entrée, elle a couru directement vers la fenêtre.

她一进门就径直跑到窗边。

Elle n'a même pas pris le temps de fermer la porte.

她甚至都没来得及关门。

Normalement, elle épargnait à tout le monde la vue de la chambre de Gregor.

她通常不会让任何人看到格里高尔的房间。

Et elle ouvrit brusquement la fenêtre d'un geste rapide.

她慌忙地一把拉开窗户。

Puis elle reprit sa respiration comme si elle avait suffoqué.

然后她又喘了口气，仿佛刚才一直窒息着似的。

L'air qui entrait était froid, et elle respira profondément.

吹进来的空气很冷，她深深地吸了一口气。

Mais elle resta néanmoins un moment près de la fenêtre.

尽管如此，她还是在窗边待了一会儿。

Elle effrayait Gregor deux fois par jour avec ce rituel.

她每天两次用这个方法吓唬格里高尔。

Pendant qu'elle était dans la pièce, il tremblait sous le canapé.

当她在房间里的时候，他正躲在沙发底下瑟瑟发抖。

Il savait qu'elle aurait aimé lui épargner cette épreuve.

他知道她肯定不想让他受这种罪。

Mais elle ne pouvait pas rester dans la pièce avec la fenêtre fermée.

但她不能待在窗户关着的房间里。

Il y a eu une fois où elle est arrivée un peu plus tôt.

有一次她提前一点到了。

Probablement environ un mois après la transformation de Gregor.

大概在格里高尔变身一个月后。

Elle s'était plus ou moins habituée à sa nouvelle apparence.

她已经渐渐习惯了他的新形象。

Elle n'avait donc plus aucune raison d'être particulièrement choquée.

所以她已经没有理由再感到特别震惊了。

Elle le trouva toujours immobile, le regard fixé par la fenêtre.

她发现他仍然一动不动地望着窗外。

Il se trouvait dans le pire endroit où il aurait pu être.

他当时身处最糟糕的地方。

Il n'aurait pas été surpris si elle n'était pas entrée.

如果她没进来，他也不会感到惊讶。

Il l'empêcha d'ouvrir la fenêtre.

他阻止了她打开窗户。

Elle quitta rapidement la pièce et ferma la porte.

她迅速再次离开房间，关上了门。

Un étranger aurait pu tirer toutes sortes de conclusions.

陌生人可能会得出各种各样的结论。

Peut-être attendait-il simplement l'occasion de la mordre.

或许他只是在等待机会咬她。

Gregor, bien sûr, s'est immédiatement caché sous le canapé.

格雷戈尔当然立刻躲到了沙发底下。

Mais il dut attendre midi pour que sa sœur revienne.

但他必须等到中午妹妹才能回来。

Et elle semblait beaucoup plus agitée que d'habitude.

她看起来比平时更加焦躁不安。

Il réalisa que sa vue lui était encore insupportable.

他意识到，看到他仍然让他难以忍受。

Sa vue allait lui rester insupportable.

对她来说，看到他仍然是一件难以忍受的事。

Elle ne pouvait probablement pas supporter de le voir,
même partiellement.

她大概无法忍受看到他的任何部位。

Une petite partie dépassait toujours de sous le canapé.

沙发底下总有一小部分凸出来。

Un jour, il transporta un drap sur son dos jusqu'au canapé.

有一天，他背着床单走到沙发旁。

Il voulait lui épargner de voir quoi que ce soit de lui.

他不想让她看到他的任何部位。

Il arrangea le drap de façon à ce qu'il soit entièrement caché.

他整理好床单，把自己完全遮盖了起来。

Même si elle se baissait, elle ne pourrait pas le voir.

即使她弯下腰也看不到他。

L'opération a pris à Gregor plus de trois heures.

整个过程格雷戈尔花了三个多小时。

Elle a peut-être pensé que le drap était inutile.

她可能觉得床单没必要。

Elle aurait su qu'il ne voulait pas du drap.

她应该知道他并不想要那张床单。

Il le faisait pour son confort, et non pour lui-même.

他这样做是为了让她感到舒服，而不是为了自己。

Et elle aurait pu enlever le drap si elle l'avait voulu.

如果她愿意，她完全可以把床单拿掉。

Mais elle laissa le drap là où Gregor l'avait mis.

但她把床单留在了格里高尔放的地方。

Et Gregor crut même avoir aperçu un regard reconnaissant.

格里高尔甚至觉得他捕捉到了一个感激的眼神。

Il avait doucement soulevé le drap avec sa tête.

他用头轻轻掀起了床单。

Il voulait savoir si sa sœur appréciait cet arrangement.

他想看看妹妹是否喜欢这样的安排。

Les deux premières semaines ont été les plus difficiles pour les parents.

对父母来说，头两周是最难熬的。

Ils n'ont pas eu le courage d'entrer et de le voir.

他们实在不忍心进去见他。

Il a surpris plusieurs de leurs conversations à cette époque.

他当时无意中听到了他们的许多对话。

Ils ont pleinement reconnu tout ce que faisait la sœur.

他们完全认可了妹妹所做的一切。

Même s'ils étaient souvent agacés par elle.

尽管他们过去常常对她感到恼火。

Parce qu'elle semblait être une fille un peu inutile.

因为她看起来像个有点没用的女孩。

C'étaient maintenant eux qui attendaient de l'autre côté de la pièce.

现在轮到他们在房间的另一边等着了。

Et c'est elle qui est entrée dans la pièce pour tout faire.

是她走进房间，做了所有的事情。

Dès qu'elle est sortie, ils ont voulu tout savoir.

她一出来，他们就想知道一切。

Elle a dû leur décrire précisément l'aspect de la pièce.

她必须把房间的实际情况告诉他们。

« Qu'est-ce que Gregor a mangé ? Comment s'est-il comporté cette fois-ci ? »

"格里高尔吃了什么？他这次表现如何？"

«Y avait-il peut-être une légère amélioration à constater ?»

"或许有轻微的改善可以注意到吗？"

La mère, d'ailleurs, était en réalité plus courageuse.

顺便说一句，母亲实际上更加勇敢。

Et bien sûr, c'était son propre fils qui se trouvait dans la pièce.

当然，房间里的人正是她自己的儿子。

Elle souhaitait en fait rendre visite à Gregor assez rapidement.

她其实想尽快去看望格里高尔。

Mais au départ, son père et sa sœur l'ont retenue.

但父亲和姐姐一开始阻止了她。

Ils ont avancé des arguments très rationnels pour qu'elle n'y aille pas.

他们提出了非常合理的理由，劝她不要去。

Gregor écouta très attentivement leur raisonnement.

格里高尔非常认真地听着他们的推理。

Et il acceptait ce raisonnement autant que sa mère.

他和母亲一样接受了这种解释。

Plus tard, cependant, il a fallu la retenir par la force.

但后来，她不得不被强行拦住。

«Laissez-moi entrer voir Gregor, c'est mon malheureux fils !»

"让我进去见格里高尔，他是我不幸的儿子！"

« Tu ne comprends pas que je dois aller le voir ? »

"你不明白我必须去见他吗？"

Gregor fut également convaincu par les arguments de sa mère.

格里高尔也被他母亲的话说服了。

Peut-être avait-elle raison ; ce serait bien qu'elle vienne.

或许她是对的；如果她能进来就好了。

Le voir tous les jours serait beaucoup trop lourd.

每天都来看他实在太多了。

Mais le voir une fois par semaine suffirait peut-être.

但也许每周见他一次就足够了。

Elle pourrait comprendre les choses bien mieux que sa sœur.

她可能比她姐姐更了解事情。

Malgré tout son courage, elle n'était encore qu'une enfant.

尽管她非常勇敢，但她终究只是个孩子。

Peut-être une insouciance enfantine l'a-t-elle poussée à entreprendre cette tâche.

或许是孩子气的鲁莽让她接受了这项任务。

Mais le souhait de Gregor de revoir sa mère se réalisa bientôt.

但格里高尔想见母亲的愿望很快就实现了。

Durant la journée, Gregor se tenait à l'écart de la fenêtre.

白天，格里高尔总是远离窗户。

Il a agi ainsi par égard pour ses parents.

他这样做是出于对父母的考虑。

Il n'avait pas beaucoup de place pour ramper sur le sol.

他在地板上没有多少爬行的空间。

Il avait du mal à rester immobile pendant la nuit.

他发现自己晚上很难保持静止不动。

Manger ne lui procurait plus le moindre plaisir.

进食已经无法给他带来丝毫乐趣。

Bien sûr, il devait trouver un moyen de se distraire.

他当然得找些事情来分散自己的注意力。

Pour se divertir, il grimpait et descendait les murs.

为了打发时间，他爬上爬下地打发时间。

Et il rampait aussi le long du plafond, la tête en bas.

他还倒挂着爬上了天花板。

Il était particulièrement heureux lorsqu'il était suspendu au plafond.

他尤其喜欢吊在天花板上。

C'était complètement différent de s'allonger par terre.

这和躺在地板上完全不同。

Il trouvait qu'il respirait beaucoup plus facilement dans cette position.

他发现这种姿势呼吸顺畅多了。

Une légère mais agréable vibration parcourut son corps.

一股轻微而舒适的震动传遍了他的全身。

Parfois, il se laissait même trop aller à son bonheur.

有时他甚至过于沉浸在快乐之中。

Il lui arrivait d'être distrait et de lâcher prise du plafond.

他有时会分神，然后松开抓着天花板的手。

Et à sa propre surprise, il atterrit de nouveau sur le sol.

令他自己都感到惊讶的是，他又落回了地面上。

Mais il maîtrisait bien mieux son corps qu'auparavant.

但他现在对自己的身体控制能力比以前好多了。

Ainsi, il ne se blessait plus lors de chutes aussi importantes.

所以他现在不会因为摔得很重而受伤了。

Sa sœur remarqua immédiatement le nouveau plaisir de Gregor.

妹妹立刻察觉到格里高尔脸上露出了新的笑容。

Et on retrouvait des traces de colle là où il avait rampé.

他爬行过的地方还有粘合剂的痕迹。

Là encore, la sœur pensa au bien-être de Gregor.

姐姐又开始担心格里高尔的身体状况了。

Il apprécierait peut-être d'avoir plus d'espace pour ramper.

或许他会更喜欢有更多空间爬来爬去。

Et l'idée s'est fermement ancrée dans son esprit.

这个想法在她脑海中根深蒂固。

Certains meubles volumineux entravaient sa liberté de mouvement.

一些大型家具阻碍了他的自由活动。

Il ne travaillait plus, il n'avait donc plus besoin du bureau.

他已经不工作了，所以不再需要那张桌子了。

Et la boîte prenait plus de place que nécessaire. ***

而且这个盒子占用的空间也比实际需要的要多。

La sœur n'était pas en mesure de déplacer ces choses seule.

姐姐一个人搬不动这些东西。

Bien sûr, elle n'osait pas demander de l'aide à son père.

她当然不敢向父亲求助。

La bonne ne l'aurait certainement pas aidée non plus.

女佣也肯定不会帮她。

La nouvelle femme de ménage était en réalité un an plus jeune qu'elle.

新来的女佣实际上比她小一岁。

Elle avait courageusement endossé le rôle de l'ancienne bonne.

她勇敢地扮演了前女佣的角色。

Mais il y avait un privilège auquel elle tenait absolument.

但她坚持要享有一项特权。

Elle voulait que la cuisine reste verrouillée en permanence.

她想一直把厨房锁上。

La sœur n'avait donc pas d'autre choix que de demander à sa mère.

所以妹妹别无选择，只好去问妈妈。

La mère est venue à son secours en poussant des cris de joie.

母亲带着激动的喜悦喊叫着过来帮忙。

Mais elle se tut devant la porte de la chambre de Gregor.

但她在格雷戈尔的房门口沉默了。

La sœur a vérifié que tout était en ordre dans la chambre.

姐姐检查了房间里的一切是否安好。

Gregor avait tiré précipitamment encore plus fort sur le drap.

格里高尔慌忙地把床单拉得更紧了。

Bien que le drap-housse paraisse encore disposé au hasard.

虽然床单看起来仍然杂乱无章。

Et ce n'est qu'alors qu'elle laissa sa mère entrer dans la pièce.

直到那时，她才允许母亲进房间。

Gregor s'abstint également d'espionner sous le drap.

格里高尔也没有躲在被子底下偷窥。

Il a décidé de ne pas voir sa mère cette fois-ci.

他决定这次不去看望母亲了。

Gregor était déjà content qu'elle soit venue.

格里高尔很高兴她能进来。

«Entrez, vous ne pouvez pas le voir», dit la sœur.

"进来吧，你看不见他，"姐姐说。

Gregor supposa qu'elle tenait sa mère par la main.

格里高尔以为她是牵着母亲的手。

Puis il entendit les deux femmes, faibles, déplacer les meubles.

然后他听到两个虚弱的女人在搬动家具。

La sœur semblait s'attribuer la majeure partie du travail.

妹妹似乎把大部分工作都揽到了自己身上。

Sa mère craignait qu'elle ne s'épuise.

她母亲担心她会过度劳累。

Mais la sœur n'a prêté aucune attention à ces avertissements.

但妹妹对这些警告置若罔闻。

Mais même après quinze minutes, les progrès étaient très lents.

但即使过了十五分钟，进展仍然非常缓慢。

Ils n'avaient pas réussi à déplacer les meubles très loin.

他们没能把家具搬得很远。

Ils commençaient lentement à ressentir un sentiment de défaite.

他们渐渐开始感到挫败。

La mère fut la première à reconnaître l'inutilité de la démarche.

母亲最先承认这是徒劳的。

« Il vaudrait peut-être mieux laisser la boîte ici. »

"或许最好把盒子留在这里。"

« Le carton est trop lourd pour que nous puissions le déplacer plus loin. »

"这个箱子太重了，我们搬不动了。"

« Et nous n'aurons pas terminé avant l'arrivée de votre père. »

"在你父亲到来之前，我们不会结束的。"

« Laisser la boîte ici lui barrerait encore plus le passage. »

"把盒子留在这里会更加阻碍他的去路。"

« Et pouvons-nous être sûrs de lui rendre service ? »

"我们能确定我们是在帮他吗？"

Ils commencèrent à penser que le contraire pourrait bien être vrai.

他们开始觉得，事实可能恰恰相反。

La vue du mur vide lui pesait lourdement sur le cœur.

空荡荡的墙壁让她心头沉甸甸的。

Qui nous dit que Gregor ne ressentirait pas la même chose ?

谁又能说格里高尔不会有这种感觉呢？

«Il est déjà habitué aux meubles de sa chambre.»

他已经习惯了房间里的家具。

«Il pourrait se sentir encore plus abandonné dans une pièce vide.»

"他待在空荡荡的房间里，可能会感到更加孤单。"

À ce moment-là, sa voix s'était presque réduite à un murmure.

这时她的声音几乎低到了耳语的程度。

Elle ignorait en réalité où se trouvait exactement Gregor.

她其实并不知道格里高尔的确切下落。

Elle ne voulait même pas qu'il entende sa voix.

她甚至不想让他听到她的声音。

Bien qu'elle fût certaine qu'il ne la comprenait pas.

尽管她确信他并不理解她。

« N'aurait-on pas l'impression de l'avoir complètement abandonné ? »

"那岂不是说我们已经彻底放弃他了？"

«N'aura-t-il pas l'impression qu'on le laisse se débrouiller seul ?»

"他不会觉得我们把他一个人丢下不管吗？"

«Nous devrions laisser la pièce exactement comme elle était.»

"我们应该保持房间原样离开。"

« Gregor finira par nous revenir comme avant. »

"格里高尔最终会像以前一样回到我们身边。"

«Alors il constatera que tout est encore à sa place.»

"然后他会发现一切都还在原位。"

« Et il oubliera beaucoup plus facilement la période intermédiaire. »

"而且他会更容易忘记那段过渡时期。"

En entendant ces mots, Gregor réalisa quelque chose.

格里高尔听到这些话后，意识到了一件事。

Son esprit était devenu confus au cours des deux derniers mois.

过去两个月里，他的思维变得混乱。

Le manque d'interactions humaines ne lui avait pas fait de bien.

缺乏人际交往对他来说并不好。

Il avait vraiment besoin de la vie monotone au sein de sa famille.

他确实需要和家人一起过那种单调的生活。

Pourquoi aurait-il formulé une demande aussi absurde autrement ?

否则他为什么会提出如此荒谬的要求？

Quel sens pouvait-il y avoir à vider sa chambre ?

他清空房间究竟有什么意义呢？

La chambre confortable est meublée de meubles hérités.

舒适的房间，摆放着祖传的家具。

Pourquoi voudrait-il transformer cette chaleur familière en une grotte ?

他为什么要把这熟悉的温暖变成一个洞穴呢？

Une grotte où il pouvait ramper en toute tranquillité dans toutes les directions.

一个他可以安心地向各个方向爬行的山洞。

Mais une grotte où il oublia rapidement son passé humain.

但他在一个山洞里迅速忘记了自己的人类过去。

Il se demandait s'il était déjà sur le point d'oublier.

他不禁怀疑自己是不是已经快要忘记了。

La voix de sa mère l'avait secoué et lui avait fait se souvenir.

母亲的声音唤醒了他的记忆。

La voix qu'il n'avait pas entendue depuis si longtemps.

这是他很久以来都没有听到的声音。

Il ne fallait rien enlever ; tout devait rester.

任何东西都不能移除；所有东西都必须保留。

Le mobilier a eu un effet positif sur son état.

家具确实对他的病情产生了积极影响。

Et il ne pouvait pas s'en sortir sans ce lien avec le passé.

没有了这份与过去的联系，他就无法生活下去。

Les meubles l'empêchaient de ramper sans but.

家具挡住了他无意识地爬来爬去的路。

Mais ce n'était pas une perte ; c'était au contraire un grand avantage.

但这并非损失，而是一项巨大的优势。

Malheureusement, sa sœur avait un avis très différent.

可惜的是，妹妹却持完全不同的意见。

Elle était en quelque sorte devenue la porte-parole de Gregor.

她在某种程度上成了格雷戈尔的代言人。

Bien sûr, son opinion n'était pas totalement injustifiée.

当然，她的观点并非完全没有道理。

Mais l'opinion de sa mère devait être contredite ici.

但她母亲的观点在这里必须被驳斥。

Il ne s'agissait plus seulement d'enlever la boîte.

现在需要搬走的不仅仅是那个箱子。

Son bureau et son armoire ne pouvaient pas rester en place non plus.

他的书桌和衣柜也不能留下来。

La seule chose indispensable était le canapé.

唯一必不可少的就是那张沙发。

Elle n'a pas pris cette décision par simple rébellion enfantine.

她做出这个决定并非出于孩子气的叛逆。

Ce n'était pas non plus sa confiance en soi récemment acquise.

也不是她最近才获得的自信。

La nouvelle confiance qu'elle avait acquise lui a permis de travailler si dur pour gagner.

她重拾了自信，努力拼搏，最终赢得了比赛。

Même si personne ne s'attendait à ce qu'elle y parvienne.

尽管没有人预料到她能做到。

Gregor avait vraiment besoin de beaucoup d'espace pour ramper.

格雷戈尔确实需要很大的爬行空间。

Le mobilier ne faisait que réduire l'espace dont il disposait.

家具限制了他可用的空间。

Elle était capable de mieux voir ces choses que sa mère.

她比母亲看得更清楚这些事情。

Mais peut-être que son esprit romantique a aussi joué un rôle.

但或许她浪漫的天性也发挥了作用。

Les filles de cet âge acquièrent souvent un certain enthousiasme.

那个年龄段的女孩往往会产生某种热情。

Et ils éprouvent le besoin d'obtenir ce qu'ils veulent chaque fois qu'ils le peuvent.

他们总想方设法要达到自己的目的。

C'est peut-être pour cela qu'elle voulait le saboter en secret.

或许这就是她想暗中破坏他计划的原因。

Il est encore plus terrifiant lorsqu'il rampe sur les murs.

他爬墙的时候更可怕。

Les parents n'osaient plus entrer dans la pièce.

父母再也不敢进那个房间了。

Elle serait véritablement la seule à prendre soin de son frère.

她将成为她弟弟唯一的监护人。

Elle ne laissa pas sa mère la persuader du contraire.

她没有听从母亲的劝告。

La mère de Gregor se sentait déjà mal à l'aise dans la pièce.

格雷戈尔的母亲在房间里已经感到不安了。

Elle cessa bientôt de parler et aida de nouveau sa fille.

她很快停止了说话，又去帮助女儿了。

Avec leurs forces restantes, ils ont enlevé l'armoire.

他们用尽最后的力气搬走了衣柜。

La commode, il pouvait s'en passer.

他并不需要那个五斗橱。

Mais le bureau allait devoir rester en place pour le moment.

但这张桌子暂时只能留在这里了。

Pendant l'absence des femmes, il tenta d'évaluer la pièce.

趁着女人们离开的时候，他试图评估一下房间的情况。

Et Gregor passa la tête sous le canapé.

格里高尔从沙发底下探出头来。

Il devait voir ce qu'il pouvait faire face à la situation.

他必须看看自己能为解决这个问题做些什么。

Mais il a été aussi prudent et attentionné que possible.

但他尽可能地谨慎周到。

Malheureusement, c'est la mère qui est revenue la première.

不幸的是，先回来的是母亲。

Grete était encore en train de déplacer l'armoire dans la pièce voisine.

格雷特还在隔壁房间搬衣柜。

Mais la mère n'était pas habituée à la vue de Gregor.

但母亲并不习惯见到格里高尔。

Un simple aperçu de lui aurait pu la rendre malade.

即使只是瞥见他一眼，也足以让她感到恶心。

Gregor recula précipitamment jusqu'à l'autre bout du canapé.

格里高尔赶紧向后退到沙发另一头。

Mais il ne pouvait pas reculer et maintenir le drap en équilibre.

但他无法后退，也无法保持床单的平衡。

Ce mouvement suffit à attirer l'attention de la mère.

这个动作足以引起母亲的注意。

Elle marqua une pause et resta immobile un bref instant.

她停顿了一下，静静地站了一会儿。

Puis elle se retourna et sortit de la pièce.

然后她转身，走出了房间。

Gregor se répétait sans cesse que rien d'inhabituel ne s'était produit.

格里高尔一直告诉自己，什么不寻常的事情都没发生。

« Ce ne sont que quelques meubles qui ont été emportés. »

"只是一些家具被搬走了。"

Mais il dut bientôt admettre que ces événements l'avaient affecté.

但他很快不得不承认，这些事件对他产生了影响。

Les femmes disaient tout ce qu'elles faisaient.

这些女人一直把她们正在做的事情都说了出来。

Ils faisaient des allers-retours dans la pièce.

他们一直在房间里来回走动。

Le bruit des meubles qui grattent le sol.

家具在地板上发出刮擦声。

Il avait l'impression d'être assailli de toutes parts.

他感觉自己四面楚歌。

Il replia sa tête et ses jambes aussi fort qu'il le put.

他拼命地把头和腿缩进身体里。

De toutes ses forces, il plaqua son corps au sol.

他用尽全力将身体压在地上。

Il savait qu'il ne pourrait pas supporter tout cela encore longtemps.

他知道自己无法再忍受这一切太久了。

Ils ont vidé sa chambre et ont pris tout ce qu'il aimait.

他们清空了他的房间，拿走了他所有心爱的东西。

Ils avaient déjà pris la boîte contenant tous ses outils.

他们已经拿走了装有他所有工具的箱子。

Ils étaient en train de déloger son lourd bureau du sol.

现在他们正在把他的重型办公桌从地面上抬起来。

Le bureau sur lequel il avait travaillé en rentrant du travail.

这是他下班回家后一直在使用的桌子。

Le bureau sur lequel il avait noté ses missions professionnelles.

他用来撰写商务文件的桌子。

Le bureau sur lequel il avait fait ses devoirs au collège.

这是他中学时做作业用的那张桌子。

Oui, il avait déjà eu ce bureau à l'école primaire.

是的，他在小学时就已经有这张桌子了。

Il n'a vraiment pas eu le temps de vérifier leurs bonnes intentions.

他实在没有时间去确认他们的善意。

Bien qu'il ait presque oublié leur présence.

虽然他几乎都忘了他们的存在。

Parce qu'ils travaillaient en silence, épuisés.

因为他们精疲力竭，所以默默地工作着。

Ils étaient trop fatigués pour annoncer leurs mouvements maintenant.

他们太累了，现在无力宣布他们的行动。

Il n'entendait que leurs lourds pas sur le sol.

他只听到他们沉重的脚步声。

À ce moment précis, ils étaient appuyés contre la boîte.

就在那时，他们正靠在箱子上。

Et c'est alors que Gregor est sorti de sous le canapé.

就在这时，格里高尔从沙发底下钻了出来。

Il a changé de direction à quatre reprises.

他四次改变了跑步方向。

Il n'arrivait pas à se décider quel objet sauver en premier.

他无法决定应该先保存哪件物品。

Soudain, son attention fut attirée par le mur vide.

突然，他的注意力被空荡荡的墙壁吸引住了。

Ils ne lui avaient laissé que la photo de la dame en fourrure.

他们留给他的只有那张身穿皮草的女士的照片。

Il rampa jusqu'à la photo pour coller son corps contre le sien.

他爬到照片前，将身体贴在她身上。

Et son corps masquait complètement la vue de la photo.

他的身体完全挡住了照片的视线。

Le verre le soutenait et apaisait son ventre brûlant.

玻璃杯支撑着他，也缓解了他滚烫的腹部。

On ne pouvait plus lui enlever cette photo.

这张照片再也不能从他身上夺走了。

Puis il tourna la tête vers la porte du salon.

然后他转头看向客厅门口。

Il allait les regarder retourner dans la pièce.

他打算看着女人们回到房间。

Et ils ne se reposèrent pas longtemps avant de revenir.

他们没休息多久就又回来了。

Grete avait le bras autour de sa mère pour l'aider à marcher.

格雷特搂着妈妈的肩膀，帮她走路。

**« Que prenons-nous maintenant ? » demanda Grete en
regardant autour d'elle.**

"我们现在该拿些什么呢？"格雷特环顾四周问道。

À ce moment précis, son regard croisa celui de Gregor.

就在那一刻，她的目光与格里高尔的目光相遇了。

Malgré le choc, elle a gardé son sang-froid.

尽管受到惊吓，她仍然保持了冷静。

Probablement uniquement à cause de la présence de sa mère.

或许只是因为她母亲在场。

Elle pencha le visage vers sa mère, lui cachant la vue.

她低下头看向母亲，遮住了自己的视线。

Et puis elle dit, d'une voix tremblante et sans réfléchir :

然后她颤抖着，不假思索地说：

«Allez, on ne devrait pas retourner au salon ?»

"走吧，我们是不是该回客厅了？"

Gregor comprenait aisément les intentions de sa sœur.

格里高尔很容易就能理解妹妹的意图。

Sa priorité absolue était de mettre sa mère en sécurité.

她的首要任务是确保母亲的安全。

Mais ensuite, elle allait le poursuivre depuis le mur.

但接下来她打算追着他从墙边下来。

« Eh bien, elle peut toujours essayer ! » pensa Gregor.

"嗯，她当然可以试试！"格里高尔心想。

Il s'assit fermement sur son tableau et ne le lâcha pas.

他紧紧地坐在照片上，不肯松手。

Il aurait préféré sauter au visage de sa sœur.

他宁愿冲到妹妹面前揍她一顿。

Mais les paroles de Grete avaient encore plus inquiété sa mère.

但格雷特的话让她的母亲更加担心。

Elle s'écarta pour voir ce qu'on lui cachait.

她侧身想看看究竟是什么被隐藏了起来。

Et elle vit la tache brune sur le papier peint à fleurs.

她看到了花纹壁纸上的褐色污渍。

Et elle a crié avant même de réaliser que c'était Gregor.

她还没意识到那是格里高尔就尖叫起来。

« Oh mon Dieu ! » hurla-t-elle en tendant les bras.

"哦，天哪！"她张开双臂尖叫道。

Et elle s'est effondrée sur le canapé comme si elle avait renoncé.

她瘫倒在沙发上，仿佛放弃了一切。

« Gregor ! » cria sa sœur en levant le poing.

"格里高尔！"姐姐一边喊着，一边举起拳头。

Et elle lui lança un regard long, dur et pénétrant.

她给了他一个漫长、犀利、意味深长的眼神。

C'était la première fois qu'elle lui parlait directement.

这是她第一次直接和他说话。

Elle a couru dans la pièce voisine pour aller chercher des sels d'ammoniaque.

她跑到隔壁房间去拿醒神盐。

Elle devait ramener sa mère à la conscience.

她必须把母亲唤醒。

Gregor voulait aider, il pourrait sauvegarder la photo plus tard.

格雷戈尔想帮忙，他可以以后再保存这张照片。

Mais il s'était solidement collé à la vitre.

但他却牢牢地粘在了玻璃上。

Il a donc dû s'arracher à ce point en utilisant beaucoup de force.

所以他不得不使出浑身解数才挣脱开来。

Il courut lui aussi dans la pièce voisine, où se trouvait sa sœur.

他也跑进了隔壁房间，妹妹就在那里。

Autrefois, il aurait pu lui donner quelques conseils.

在过去，他或许可以给她一些建议。

Mais à présent, il ne pouvait rien faire d'autre que rester là, impuissant, et regarder.

但现在他只能袖手旁观，无能为力。

Elle fouilla dans le tiroir, ouvrant diverses bouteilles.

她翻遍了抽屉，打开了各种各样的瓶子。

Et il lui faisait encore peur quand elle se retournait.

当她转身时，他仍然吓到了她。

Une bouteille est tombée par terre, s'est cassée et a éclaté.

一个瓶子掉到地上，摔碎了，碎片四溅。

Un éclat de verre a frappé Gregor au visage et l'a blessé.

一块玻璃碎片击中了格里高尔的脸，使他受伤。

La bouteille contenait une sorte de liquide caustique.

瓶子里装的是某种腐蚀性液体。

Et maintenant, le liquide corrosif brûlait le visage de Gregor.

现在，腐蚀性液体正在灼烧格里高尔的脸。

**Sa sœur, cependant, n'avait pas de temps à consacrer à
Gregor pour le moment.**

然而，妹妹现在根本没空理会格里高尔。

Elle ramassa autant de bouteilles qu'elle put.

她尽可能多地捡起了瓶子。

**Et elle est retournée en courant vers sa mère avec les
médicaments.**

她拿着药跑回了妈妈身边。

Elle claqua la porte du pied, empêchant Gregor d'entrer.

她用脚猛地把门踹上，把格雷戈尔拒之门外。

**Il était désormais coupé de sa mère, potentiellement
mourante.**

他现在与可能即将离世的母亲失去了联系。

S'il ouvrait la porte, il chasserait sa sœur.

如果他打开门，就会把妹妹赶走。

Mais bien sûr, elle devait rester pour s'occuper de sa mère.

但她当然要留下来照顾孩子的母亲。

Il ne pouvait plus rien faire d'autre qu'attendre.

他现在除了等待他们之外别无他法。

Rongé par les remords et l'anxiété, il se mit à ramper.

他饱受自责和焦虑的折磨，开始爬行。

Il rampait partout : sur les murs, les meubles, le plafond.

他到处爬：墙壁、家具、天花板。

Il avait l'impression que toute la pièce tournait autour de lui.

他感觉整个房间都在围绕着他旋转。

Finalement, désespéré et pris de vertiges, il retomba.

最后，他绝望而眩晕，跌倒在地。

Et il est tombé directement sur la grande table de la salle à manger.

他直接摔倒在了餐厅的大桌子上。

Il resta allongé là un certain temps, engourdi et incapable de bouger.

他躺在那里好一会儿，麻木而无法动弹。

Il était épuisé par tout ce que cette journée lui avait apporté.

他被今天发生的一切搞得筋疲力尽。

Le silence régnait partout, mais c'était peut-être bon signe.

周围一片寂静，但这或许是个好兆头。

Puis, brisant le silence, la sonnette retentit à l'extérieur.

这时，外面的门铃响了，打破了寂静。

La bonne, bien sûr, s'était enfermée dans sa cuisine.

当然，女佣把自己锁在了厨房里。

La sœur était donc la seule à pouvoir ouvrir la porte.

所以只有姐姐才能开门。

« Que s'est-il passé ? » fut la première question du père.

"发生了什么事？"父亲问的第一句话就是这个。

L'apparence de Grete lui avait probablement tout dit.

格雷特的外表或许已经告诉了他一切。

La voix de Grete devint étouffée et monotone tandis qu'elle parlait.

格雷特说话时声音变得低沉沙哑。

Elle a dû enfouir son visage contre la poitrine de son père.

她一定把脸贴在了父亲的胸膛上。

« Maman était inconsciente, mais elle va mieux maintenant. »

"母亲当时昏迷不醒，但现在感觉好多了。"

« Gregor s'est échappé », a-t-elle ajouté, ce à quoi il s'attendait.

"格里高尔逃走了，"她补充道，这正合他意。

« Je vous l'ai toujours dit, il allait s'échapper un jour. »

"我一直都跟你说过，他总有一天会逃出去。"

« Mais vous, les femmes, vous ne vouliez pas m'écouter, n'est-ce pas ? »

"但是你们女人根本不想听我的话，对吧？"

Gregor comprit rapidement comment son père verrait les choses.

格里高尔很快就意识到他父亲会如何看待事物。

Il avait mal interprété le message trop bref de Grete.

他误解了格雷特过于简短的信息。

Il supposa que Gregor avait commis un acte de violence.

他认定格里高尔犯下了某种暴力行为。

Gregor devait trouver un moyen d'apaiser son père d'une manière ou d'une autre.

格里高尔必须想办法安抚他的父亲。

Parce qu'il n'avait pas le temps de lui expliquer les choses.

因为他没有时间向他解释。

Mais de toute façon, il n'aurait pas été capable d'expliquer les choses.

但他无论如何也无法解释清楚。

Il s'est donc enfui vers la porte et s'y est plaqué.

于是他逃到门口，紧紧贴着门。

Ainsi, son père pourrait le voir depuis l'antichambre.

这样他父亲就能从前厅看到他了。

Et il pourrait constater qu'il avait les meilleures intentions.

这样他就能明白对方的出发点是好的。

Il n'était pas nécessaire de le repousser avec un balai.

完全没必要用扫帚把他推回去。

Il aurait suffi que le père ouvre la porte.

父亲只需要打开门就行了。

Mais il n'était pas d'humeur à remarquer de telles subtilités.

但他当时没心情注意这些细微之处。

« Te voilà ! » s'exclama-t-il dès qu'il entra.

"你在这儿啊！"他一进门就喊道。

C'était comme s'il était à la fois en colère et heureux.

他似乎既愤怒又高兴。

Il recula la tête et leva les yeux vers son père.

他向后仰头，看向父亲。

Il n'avait pas imaginé son père debout là, dans cette position.

他从未想过父亲会这样站在那里。

Mais ces derniers temps, il s'était trouvé une nouvelle distraction.

但最近他找到了新的消遣方式。

Ramper occupait désormais une grande partie de sa journée.

现在，他每天的大部分时间都花在了爬行上。

Auparavant, il se tenait au courant de toutes les nouvelles dans l'appartement.

以前，他会关注公寓里的所有新闻。

Mais ces derniers temps, il n'y avait pas prêté beaucoup d'attention.

但他最近并没有太在意。

Il aurait dû se préparer à faire face aux changements.

他本应做好应对变化的准备。

Pour autant, cet homme qui se tenait devant lui était-il encore son père ?

然而，眼前这个人还是他的父亲吗？

Était-ce le même homme qui avait l'habitude de rester allongé, fatigué, dans son lit ?

他还是以前那个疲惫地躺在床上的人吗？

Alors que Gregor était déjà parti en voyage d'affaires.

当时格里高尔已经出差了。

Était-ce le même homme qui le saluait le soir ?

他还是晚上迎接他的那个人吗？

Lorsqu'il était en robe de chambre, dans son fauteuil.

当时他穿着睡袍，坐在扶手椅上。

Était-ce le même homme qui n'avait pas pu se lever pour l'accueillir ?

他还是那个连起身迎接他都做不到的人吗？

Restant assis, il leva le bras en signe de joie.

于是，他仍然坐着，举起手臂表示高兴。

Était-ce le même homme avec qui il faisait parfois des promenades ?

他还是以前那个偶尔和他一起散步的人吗？

Exceptionnellement : quelques dimanches par an, ou les jours fériés.

极少数情况下：一年中的几个星期天，或者节假日。

Était-ce le même homme qui marchait, enveloppé dans son pardessus ?

他还是那个裹着大衣走路的人吗？

S'est-il lentement avancé, entre la mère et lui ?

他是否缓慢地艰难前行，夹在母亲和他之间？

Et ils marchaient déjà lentement à cause de lui.

他们因为他的缘故，已经走得很慢了。

Mais à présent, cet homme se tenait droit et fort.

但现在这个人却挺直了腰杆，昂首挺胸。

Il portait un uniforme bleu à boutons dorés.

他身穿蓝色制服，上面有金色纽扣。

Les badges que portent les employés des institutions bancaires.

银行职员佩戴的纽扣。

Au-dessus du col rigide, son double menton prononcé se dessinait.

在硬挺的衣领上方，他棱角分明的双下巴显露出来。

Sous ses sourcils broussailleux, ses yeux noirs fixaient le vide.

他浓密的眉毛下，一双黑眼睛向外望去。

À présent, ses yeux paraissaient perçants, frais et alertes.

现在他的眼神显得锐利、清澈、机敏。

Les cheveux blancs, auparavant ébouriffés, étaient désormais peignés.

原本凌乱的白发被梳理整齐。

Et ses cheveux étaient désormais coiffés d'une raie centrale méticuleuse.

他的头发现在一丝不苟地梳成了中分。

Il jeta son chapeau, orné d'un monogramme en or.

他扔掉了帽子，帽子上绣着金色的字母组合图案。

Il s'agissait probablement du monogramme de la banque pour laquelle il travaillait.

那很可能是他所在银行的标志。

Et le chapeau atterrit sur le canapé, pour être rangé plus tard.

帽子落在了沙发上，打算稍后再收起来。

Il repoussa le bas de sa longue veste d'uniforme.

他把长款制服外套的下摆往后捋了捋。

Et il mit ses pouces dans les poches de son pantalon.

他把大拇指插进了裤兜里。

Puis, le visage sombre, il s'avança vers Gregor.

然后，他面色凝重地走向格里高尔。

Il ne savait probablement même pas ce qu'il comptait faire.

他可能根本不知道自己打算做什么。

Mais il leva néanmoins les pieds exceptionnellement haut.

但他却异常高地抬起了双脚。

Gregor était stupéfait par la taille énorme de ses bottes.

格里高尔对自己的靴子尺寸之大感到惊讶。

Mais il n'y avait vraiment pas le temps de s'extasier devant ses chaussures.

但他实在没有时间去欣赏他的鞋子。

Le père avait opté pour une discipline très stricte.

父亲决定对孩子实行非常严格的管教。

Seule la plus grande sévérité convenait à Gregor.

只有最严厉的惩罚才配适用于格里高尔。

Il le savait dès le premier jour de sa transformation.

从他转变的第一天起，他就知道这一点。

Il courut vers son père et s'arrêta quand celui-ci s'arrêta.

他跑向他父亲，父亲停下来时，他也停了下来。

Il se précipita de nouveau vers lui lorsqu'il bougea à nouveau.

他一动，他就又朝他跑了过去。

Le père marqua une pause, et Gregor fit de même.

父亲停顿了一会儿，格里高尔也停顿了一会儿。

Et il se précipita de nouveau en avant dès que son père eut bougé.

父亲一动，他就立刻又冲了上去。

Ils firent ainsi plusieurs fois le tour de la pièce.

他们就这样绕着房间转了好几圈。

Aucun avantage décisif n'avait encore été obtenu par qui que ce soit.

目前还没有任何一方取得决定性优势。

On n'aurait pas pu avoir l'impression d'une poursuite.

人们根本无法产生追逐的印象。

Parce que tout l'événement se déroulait beaucoup trop lentement.

因为整个过程进展得太慢了。

Gregor avait décidé de rester au sol.

格里高尔决定留在地面上。

Il aurait pu courir le long des murs et du plafond.

他本可以沿着墙壁和天花板奔跑。

Mais il ne voulait pas provoquer inutilement le père.

但他不想无谓地激怒这位父亲。

Une telle évasion aurait pu paraître particulièrement perverse.

这样的逃脱或许会显得格外邪恶。

Gregor admit que cette poursuite ne pourrait pas durer beaucoup plus longtemps.

格雷戈尔承认，这场追逐不可能持续太久了。

Chaque étape nécessitait une myriade de mouvements.

每一步都需要配合各种各样的动作。

Il commençait déjà à avoir le souffle court.

他已经开始感到呼吸困难了。

Même avant cela, il n'avait jamais eu des poumons totalement fiables.

甚至在此之前，他的肺就从未完全可靠过。

Il avançait en titubant, économisant ses forces pour la course.

他踉跄着向前走，把力气留到最后跑。

Il était si fatigué qu'il avait du mal à garder les yeux ouverts.

他累得几乎睁不开眼了。

Ses pensées étaient devenues trop lentes pour qu'il puisse envisager d'autres solutions.

他的思维变得迟钝，无法想到其他逃脱方法。

Il avait presque oublié que les murs étaient à sa disposition.

他几乎忘记了墙壁可以供他利用。

Mais les murs étaient de toute façon dissimulés derrière des meubles.

但墙壁反正都被家具遮住了。

Et les meubles avaient trop d'encoches et de saillies.

而且家具上有太多凹槽和凸起。

Et puis, juste à côté de lui, en roulant, il y avait une pomme.

然后，就在他旁边，滚落着一个苹果。

Il réalisa que la pomme avait dû lui être lancée.

他意识到，那苹果一定是别人扔向他的。

Mais il n'eut pas le temps de réfléchir qu'une autre pomme arriva.

但他还没来得及思考，又一个苹果就飞了过来。

Gregor resta figé, sous le choc de la nouvelle stratégie de son père.

格里高尔对父亲的新策略感到震惊，愣在了原地。

Il ne pouvait plus rien gagner à essayer de fuir.

他再想逃跑也得不到任何好处了。

Le père avait décidé de le bombarder de fruits.

父亲决定用水果轰炸他。

Il avait rempli ses poches avec les fruits du bol de la cuisine.

他从厨房的水果碗里掏出东西，装满了口袋。

Sans viser particulièrement, il lançait pomme après pomme.

他漫不经心地扔着苹果，一个接一个地扔。

Ces petites pommes rouges roulaient sur le sol.

这些小红苹果在地上滚来滚去。

Comme électrifiées, les pommes se heurtèrent les unes aux autres.

仿佛触电一般，苹果们互相碰撞起来。

Une des pommes, lancée mollement, a effleuré le dos de Gregor.

其中一颗软弱无力的苹果擦伤了格里高尔的背。

Heureusement pour lui, la pomme a glissé sans le blesser.

幸运的是，那个苹果滑落下来，没有伤到他。

Cependant, la pomme lancée ensuite était plus précise.

然而，随后扔出的苹果却更精准。

Et cette pomme s'est logée profondément dans le dos de Gregor.

这颗苹果深深地嵌进了格里高尔的背里。

Gregor voulait s'éloigner de la douleur.

格里高尔想要摆脱痛苦。

Peut-être pourrait-on échapper à cette nouvelle douleur inimaginable.

或许可以摆脱这种难以置信的全新痛苦。

Un changement d'endroit pourrait peut-être soulager son supplice.

或许换个地方能减轻他的痛苦。

Mais il avait l'impression d'être cloué au sol.

但他感觉自己像被钉在了地板上一样。

Il s'étira, mais seulement à cause de sa confusion.

他伸展了一下身体，但这只是因为他感到困惑。

Ce n'est qu'à son dernier regard qu'il vit la porte s'ouvrir.

直到最后一眼，他才看到门开了。

La mère s'est précipitée devant sa sœur qui hurlait.

母亲冲到尖叫的妹妹前面。

Sa sœur l'avait déshabillée, elle était donc encore en chemise.

姐姐脱掉了她的衣服，所以她只穿着衬衫。

Elle avait besoin de respirer pendant son inconscience.

她在昏迷中需要喘息的空间。

Il voyait encore la mère courir vers le père.

他仍然看到母亲向父亲跑去。

Ses jupes glissèrent au sol, l'une après l'autre.

她的裙子一件接一件地滑落到地上。

Il la vit s'approcher du père et trébucher sur sa jupe.

他看到她走向父亲，却被裙子绊倒了。

L'enlaçant, elle demanda qu'on épargne la vie de Gregor.

她拥抱了他，请求饶恕格里高尔的性命。

En parfaite harmonie avec son corps, sa vue s'est éteinte.

与身体完全融为一体后，他的视力也丧失了。

Troisième partie
第三部分

Gregor a souffert de cette grave blessure pendant plus d'un mois.

格雷戈尔遭受重伤长达一个多月。

La pomme restait incrustée ; personne n'osait l'enlever.

苹果仍然嵌在里面，没有人敢把它取下来。

La pomme restait plantée dans sa chair comme un rappel visible.

那颗苹果还留在他的肉里，成为一个显而易见的提醒。

Mais la pomme servait aussi de rappel au père.

但这个苹果也提醒了父亲。

Il comprit que Gregor ne devait pas être traité comme un ennemi.

他意识到不应该把格里高尔当作敌人对待。

Actuellement, son apparence pourrait être triste et repoussante.

他现在的外表可能既可怜又令人厌恶。

Mais il restait néanmoins un membre de leur famille.

但即便如此，他仍然是他们家庭的一员。

Il a fallu accepter et tolérer cette réticence.

这种不情愿不得不强忍下去。

En raison de sa blessure, il risque fort de perdre sa mobilité à jamais.

由于受伤，他很可能永远失去行动能力。

Il continuait à ramper dans sa chambre, mais beaucoup plus lentement.

他仍然在房间里爬来爬去，但速度慢了很多。

Ramper à une quelconque hauteur était hors de question.

在任何高度爬行都是绝对不可能的。

Mais Gregor a bien reçu une forme de compensation.

但格雷戈尔确实获得了一些补偿。

Le soir, la porte du salon lui fut ouverte.

晚上，有人为他打开了客厅的门。

Et il estimait que ces réparations étaient tout à fait adéquates.

他认为这些赔偿完全足够了。

Avant le soir, il avait déjà commencé à surveiller la porte.

傍晚之前，他就开始盯着门口了。

Il était allongé dans l'obscurité, invisible depuis le salon.

他躺在黑暗中，从客厅里根本看不见他。

Il pouvait voir toute la famille à la table illuminée.

他可以看到全家人都围坐在灯光璀璨的餐桌旁。

Il était désormais autorisé à écouter leurs conversations.

他现在被允许偷听他们的谈话。

C'était très différent de leur arrangement précédent.

这和他们之前的安排截然不同。

Les conversations animées d'autrefois étaient terminées.

过去那种热闹的谈话氛围已经结束了。

C'étaient ces conversations qu'il désirait tant.

这正是他过去一直渴望的那种对话。

Lorsqu'il dormait seul dans de petites chambres d'hôtel.

当时他独自一人睡在狭小的旅馆房间里。

Quand il a dû se jeter dans les draps humides.

他只好把自己埋进潮湿的被窝里。

Mais les soirées étaient désormais généralement calmes et sans incident.

但如今的夜晚大多平静无事。

Le père s'est endormi dans son fauteuil après le dîner.

晚饭后，父亲在扶手椅上睡着了。

Et la mère et la sœur s'exhortaient mutuellement à se taire.

母亲和妹妹互相劝对方安静下来。

La mère, penchée très haut sur la lampe, cousait du lin.

母亲俯身靠近灯光，缝制亚麻布。

Elle confectionne maintenant des robes pour l'un des magasins de mode.

她现在为一家时装店制作服装。

Comme Gregor, sa sœur avait trouvé un emploi de vendeuse.

和格里高尔一样，妹妹也找到了一份售货员的工作。

Elle apprenait la sténographie et le français le soir.

她晚上学习速记和法语。

Afin qu'elle puisse peut-être obtenir un meilleur poste plus tard.

这样她以后或许能找到更好的工作。

Parfois, le père se réveillait de sa sieste du soir.

有时父亲会从晚间午睡中醒来。

« Chérie, tu as déjà cousu tellement longtemps aujourd'hui ! »

"亲爱的，你今天已经缝纫了这么久了！"

Il semblait avoir oublié qu'il dormait.

他似乎忘记了自己刚才一直在睡觉。

Mais il retombait aussitôt dans son sommeil.

但他随即又睡着了。

Et la mère et la sœur s'échangèrent un sourire las.

母亲和妹妹疲惫地对视了一眼。

Le père avait développé une étrange nouvelle obstination.

父亲变得异常固执。

Même chez lui, il refusait d'enlever son uniforme de domestique.

即使在家中，他也拒绝脱下仆人制服。

Et son peignoir pendait inutilement sur le cintre.

他的睡袍无力地挂在衣架上。

Le père dormit donc, tout habillé, dans son fauteuil.

于是，父亲穿着整齐的衣服，睡在了扶手椅上。

C'était comme s'il était toujours prêt à rendre service.

他仿佛随时准备为人民服务。

Comme s'il attendait simplement la voix de son supérieur.

仿佛他只是在等待上级的指示。

Cela a eu pour conséquence que son uniforme a perdu sa propreté.

这导致他的制服变得不干净了。

Bien que l'uniforme ne fût pas neuf lorsqu'il l'a reçu.

虽然他拿到这套制服的时候，它也不是新的了。

Et la mère faisait de son mieux pour prendre soin de l'uniforme.

母亲尽力照料这件制服。

Gregor passait des soirées entières à contempler cet uniforme.

格里高尔整晚都在盯着这套制服看。

Il observa le vieil homme dormir très mal.

他看着老人睡得很不舒服。

Mais dans son sommeil, il remarqua aussi quelque chose de paisible.

但在睡梦中，他也注意到了一些平静的事物。

Lorsque l'horloge a sonné dix heures, la mère a essayé de le réveiller.

时钟敲响十点时，母亲试图叫醒他。

Elle lui parla doucement et le persuada d'aller se coucher.

她轻声细语地劝他去睡觉。

Parce que dormir sur un fauteuil, ce n'était pas du vrai sommeil.

因为在扶手椅上睡觉并不是真正的睡眠。

Il allait devoir commencer à travailler à six heures.

他六点钟就要开始工作了。

Il avait donc vraiment besoin de dormir le mieux possible.

所以他真的需要尽可能睡个好觉。

Mais il était pris d'une nouvelle forme d'obstination.

但他却被一种新的固执所控制。

Le fait de devenir serviteur avait commencé à avoir cet effet sur lui.

成为仆人之后，他开始有了这种变化。

Il insistait donc toujours pour rester plus longtemps à table.

所以他总是坚持要在餐桌旁待更久。

Bien qu'il se rendormît régulièrement dans son fauteuil.

虽然他经常又在椅子上睡着了。

Et il ne pouvait être déplacé qu'avec la plus grande difficulté.

他很难被移动。

Il a fallu lui dire que ce lit lui conviendrait mieux.

必须有人告诉他，那张床对他来说更合适。

La mère et la sœur ont dû insister, malgré quelques avertissements.

母亲和姐姐不得不反复劝说，几乎没有任何警告。

Pendant quinze minutes, il se contenta de secouer lentement la tête.

十五分钟里，他只是缓缓地摇了摇头。

Et il garda les yeux fermés et refusa de se lever.

他紧闭双眼，不肯起身。

La mère tira doucement, mais fermement, sur sa manche.

母亲轻轻但坚定地拉了拉他的袖子。

Et elle lui murmurait des mots flatteurs à l'oreille, encore fatiguée.

她凑到他疲惫的耳边，低声说着奉承的话。

La sœur a interrompu sa tâche pour aider sa mère.

妹妹放下手头的事情去帮助母亲。

Mais aucun de leurs efforts n'a fonctionné sur le père.

但他们的所有努力都未能说服父亲。

Il s'enfonça encore plus profondément dans son fauteuil, prêt à dormir.

他陷进椅子里更深了，准备睡觉。

Et finalement, les femmes l'ont attrapé sous les aisselles.

最后，女人们抓住了他的腋下。

Il ouvrit les yeux et les regarda tour à tour.

他睁开眼睛，来回看着他们。

« Quelle vie ! » se plaignit-il en allant se coucher.

"这算什么生活啊，"他上床睡觉前抱怨道。

« Est-ce là la paix qui m'a été accordée dans ma vieillesse ? »

这就是我晚年所得到的平静吗?

Mais alors, s'appuyant sur les deux femmes, il se leva maladroitement.

但随后，他倚着两个女人，笨拙地站了起来。

Il agissait comme s'il portait le fardeau le plus lourd.

他表现得好像自己肩负着最沉重的负担。

Il laissa les deux femmes le conduire au fond de la pièce.

他任由两个女人领着他走到房间尽头。

Là, il leur souhaita bonne nuit et poursuivit son chemin seul.

他向他们道了晚安，然后独自继续前行。

Mais la mère jeta précipitamment son nécessaire à couture.

但母亲却慌忙地把针线包扔在了地上。

Et la sœur posa elle aussi le stylo et le bloc-notes.

姐姐也放下了笔和笔记本。

Et ils coururent derrière le père pour l'aider davantage.

他们跟在父亲身后，想进一步帮助他。

Qui, dans cette famille surmenée, avait du temps à consacrer à Gregor ?

在这个工作繁忙的家庭里，谁还有时间陪伴格雷戈尔？

Qui aurait pu lui accorder plus d'attention que nécessaire ?

谁会对他给予过多的关注呢？

Le budget des ménages est devenu de plus en plus restreint.

家庭预算变得越来越紧张。

Finalement, pour faire des économies, ils ont dû licencier la bonne.

最终，为了省钱，他们不得不解雇了女佣。

Elle fut remplacée par une femme à la carrure imposante et aux cheveux blancs.

她被一位体格健壮、头发花白的女人取代了。

Mais cette femme ne venait que le matin et le soir.

但这位女士只在早晨和晚上来。

Et tout le travail le plus lourd et le plus pénible lui avait été réservé.

所有最繁重、最艰苦的工作都留给了她。

Toutes les autres tâches ménagères étaient prises en charge par la mère.

其他家务活都由母亲负责。

Il est même arrivé que plusieurs bijoux de famille soient vendus.

甚至连一些家族珠宝也被变卖了。

Des bijoux que les femmes avaient portés avec joie lors des festivités.

这些首饰是女人们在庆祝活动中欣然佩戴的。

Gregor a appris cela lors d'une discussion générale.

格里高尔是从一次闲聊中得知这件事的。

Le principal grief, cependant, portait sur autre chose.

然而，最大的抱怨却是另一件事。

L'appartement était trop grand, mais ils ne pouvaient pas déménager.

公寓太大了，但他们又搬不出去。

Il était impossible de déplacer Gregor.

他们不可能转移格雷戈尔的住处。

Mais Gregor comprit que ce n'était pas seulement une question de considération.

但格里高尔意识到，这不仅仅是考虑的问题。

Quelque chose d'autre les a empêchés de déménager ailleurs.

还有别的原因阻止了他们搬到其他地方。

Il aurait facilement pu être transporté dans une caisse appropriée.

他完全可以装在合适的箱子里运送。

Leur sentiment de désespoir total les a paralysés.

他们感到彻底绝望，这阻碍了他们的前进。

Ils ne voulaient pas admettre que le malheur les avait frappés.

他们不愿承认自己遭遇了不幸。

Ils ont accompli ce que le monde exige des pauvres.

世界对穷人的要求，他们都做到了。

Le père a apporté le petit déjeuner au jeune employé de banque.

父亲给小银行职员买了早餐。

La mère s'est sacrifiée pour laver le linge d'inconnus.

这位母亲为了帮陌生人洗衣服而牺牲了自己。

La sœur faisait des allers-retours pour prendre les commandes des clients.

妹妹来回跑着去取顾客的订单。

Mais ils n'avaient tout simplement plus la force d'en faire plus.

但他们实在没有力气再做下去了。

La blessure dans le dos de Gregor commença à le faire
encore plus souffrir.

格雷戈尔背上的伤口开始剧烈疼痛起来。

Chaque soir, la mère et la sœur amenaient le père au lit.

每天晚上，母亲和姐姐都会把父亲抱到床上。

Ils laissèrent leur travail où il était et s'assirent ensemble.

他们放下手中的工作，坐在一起。

Ils se rapprochèrent et s'assirent joue contre joue.

于是他们靠得更近了，脸贴着脸坐了下来。

La mère désigna la pièce d'où il observait.

母亲指着他观看的房间。

« Pourriez-vous fermer la porte ? » demanda-t-elle à sa sœur.

她问妹妹："请你把门关上好吗？"

Et Gregor se retrouva de nouveau seul dans le noir.

然后，格里高尔又一次独自一人留在了黑暗中。

Et dans la pièce voisine, la femme mêla leurs larmes.

隔壁房间里，女人将她们的眼泪混在了一起。

Ou bien ils restaient assis, les yeux secs, fixant simplement
la table.

或者他们面无表情地坐在那里，只是盯着桌子。

Gregor ne dormait pratiquement pas, ni la nuit ni le jour.

格里高尔几乎彻夜未眠，白天也好，晚上也好。

Il réfléchissait souvent à la façon dont il pourrait aider sa
famille.

他经常想着自己能如何帮助这个家庭。

Il songea à gagner à nouveau de l'argent pour eux.

他想着要再次挣钱养家。

Il songea à faire ce qu'il faisait autrefois pour eux.

他想着要不要像以前那样为他们做点什么。

Le représentant autorisé lui revint dans ses pensées.

他脑海中浮现出授权代表回来的画面。

Et cette fois, le patron est également venu à l'appartement.

这次老板也来了公寓。

Et les commis et les apprentis étaient là aussi.

职员和学徒们也都在场。

Même le domestique un peu simplet est venu le voir.

就连反应迟钝的办公室职员都来看他了。

Il y avait deux ou trois amis d'autres entreprises.

还有两三个来自其他公司的朋友。

Une des femmes de chambre d'un hôtel de province.

一位来自外省酒店的客房服务员。

Un souvenir précieux et fugace auquel il s'efforçait de s'accrocher.

他试图留住一段美好而短暂的回忆。

Une caissière d'une chapellerie pour laquelle il avait des intentions.

他曾对一家帽子店的收银员有过一段情。

Mais il avait été un peu trop lent à obtenir son approbation.

但他赢得她的认可还是慢了一点。

Ils lui apparurent tous, mêlés à des inconnus.

他们都出现在他的脑海中，与陌生人混杂在一起。

Et d'autres n'apparurent pas ; ils étaient déjà oubliés.

还有一些人没有出现；他们已经被遗忘了。

Mais ils ne l'ont pas aidé, ni lui, ni sa famille.

但他们既没有帮助他，也没有帮助他的家人。

Ils étaient inaccessibles, et il était content quand ils sont partis.

他们遥不可及，他们离开时他很高兴。

Il n'était pas toujours d'humeur à se soucier de sa famille.

他并非总是有心情去关心家人。

Et il était rempli de rage à cause de ce manque d'attention.

他因为无人关注而怒火中烧。

Et il ne pouvait imaginer rien qui puisse lui faire envie.

他想象不出自己会对什么东西有胃口。

Mais il avait tout de même prévu de cambrioler le garde-manger.

但他仍然计划闯入食品储藏室。

Et il allait prendre tout ce qui lui était dû.

他要拿回他应得的一切。

Sa sœur ne faisait plus aucun effort particulier pour lui.

姐姐不再对他格外殷勤了。

Elle ne consacrait plus de temps à chercher à lui plaire.

她不再花时间想着如何取悦他。

Avant d'aller travailler, elle a rapidement glissé de la nourriture dans la pièce.

上班前，她匆匆忙忙地把一些食物推进了房间。

Et le soir venu, elle a rapidement ramassé les restes.

晚上，她又迅速地把食物扫了回去。

Elle ne faisait plus attention à savoir s'il avait mangé ou non.

她不再在意他是否吃过东西了。

Le plus souvent, la nourriture restait intacte.

现在，食物往往一口都没动。

Elle continuait de traverser la pièce rapidement le soir.

晚上她依然迅速地扫视着房间。

Mais maintenant, elle se contentait du strict minimum, aussi vite que possible.

但现在她只做了最少的工作，而且速度越快越好。

Des traînées de saleté jonchaient les murs.

墙上留下了道道污渍。

Des boules de poussière et de détritus jonchaient le sol.

地板上散落着一团团灰尘和垃圾。

Gregor manifesta son désapprobation face à son manque d'attention.

格里高尔对她缺乏细心表示不满。

Il se tourna selon un angle particulièrement significatif.

他以一个非常特殊的角度转过身。

Mais il aurait pu rester à ce poste pendant des semaines.

但他本可以在这个位置上待上好几个星期。

Sa sœur n'aurait pas remarqué son mécontentement.

他的妹妹不会注意到他的不满。

Elle voyait la saleté aussi bien que lui, voire mieux.

她对污垢的观察和他一样清楚，甚至可能更清楚。

Mais elle avait décidé de laisser la saleté où elle était.

但她决定把泥土留在原地。

À cette époque, elle a développé une sensibilité totalement nouvelle.

那时她培养了一种全新的感性。

Elle s'était donné pour mission de nettoyer la chambre de Gregor.

她把打扫格里高尔的房间当成了自己的责任。

La famille a été touchée par sa gentillesse et sa prévenance.

她的善良体贴深深感动了全家人。

Une fois, sa mère avait nettoyé sa chambre de fond en comble.

有一次，母亲彻底打扫了他的房间。

Ce n'est qu'après avoir utilisé plusieurs seaux d'eau qu'elle a réussi.

她用了好几桶水才成功。

Cependant, l'humidité nouvelle dans la pièce a nui à Gregor.

然而，房间里新出现的潮湿环境却伤害了格里高尔。

Et il gisait, étendu de tout son long, amer et immobile sur le canapé.

他双腿大张，面色阴沉，一动不动地躺在沙发上。

Mais ce n'était que sa première punition pour avoir aidé.

但这只是她因帮忙而受到的第一次惩罚。

La sœur remarqua rapidement le changement dans la chambre de Gregor.

妹妹很快注意到格里高尔房间的变化。

Et elle s'est précipitée dans le salon, extrêmement insultée.

她气愤地跑进客厅。

Sa mère leva les mains et tenta de la supplier.

她母亲举起双手，试图恳求她。

Mais malgré une explication sincère, elle a éclaté en sanglots.

尽管她做出了真诚的解释，但她还是嚎啕大哭起来。

Le père, bien sûr, sursauta et se leva de sa chaise.

父亲当然被吓得从椅子上跳了起来。

Et les deux parents regardaient, stupéfaits et impuissants.

两位家长在一旁看着，既震惊又无助。

Et finalement, leurs émotions s'agitèrent elles aussi.

最终，他们的情绪也变得激动起来。

Le père a reproché à la mère ce qu'elle avait fait.

父亲责备母亲所做的事。

« Tu aurais dû laisser la chambre à Grete pour qu'elle la nettoie. »

"你应该把房间留给格蕾特打扫。"

Grete a crié sur sa mère parce qu'elle avait nettoyé sa chambre.

格雷特冲着打扫他房间的妈妈大喊大叫。

«Tu n'as plus jamais le droit de nettoyer sa chambre !»

你以后永远都不准再打扫他的房间了！

La mère a essayé d'entraîner le père dans la chambre.

母亲试图把父亲拖进卧室。

La sœur resta seule dans la pièce, tremblante et sanglotant.

妹妹被独自留在房间里，浑身颤抖，哭泣不止。

Et elle frappa la table avec ses petits poings.

她用小拳头捶打着桌子。

Et Gregor siffla bruyamment de colère contre eux tous.

格里高尔愤怒地冲着他们所有人发出嘶嘶声。

Pourquoi personne n'avait-il pensé à lui fermer la porte ?

为什么没有人想到要帮他关上门？

Ils auraient pu lui épargner ce spectacle et ce bruit.

他们本可以让他免受这些景象和噪音的侵扰。

Sa sœur était épuisée après être rentrée du travail.

姐姐下班回家后筋疲力尽。

Et s'occuper de Gregor représentait encore plus de travail pour elle.

照顾格里高尔对她来说更是难上加难。

Mais cela ne signifie pas que la mère aurait dû le faire.

但这并不意味着母亲就应该这样做。

Gregor, en revanche, ne doit pas être négligé.

另一方面，格里高尔则不应被忽视。

Mais maintenant, ils avaient une nouvelle bonne qui pouvait faire ce genre de choses.

但现在他们有了个新女佣，可以做这些事了。

Une veuve âgée à la charpente osseuse robuste.

一位骨骼强健的老寡妇。

Une stature qui l'a aidée à survivre à sa vie difficile.

正是这份高贵的气质帮助她在艰难的生活中生存了下来。

L'apparence de Gregor ne lui déplaisait pas vraiment.

她对格里高尔的外貌并没有真正的反感。

Elle avait ouvert la porte de la chambre de Gregor par inadvertance.

她不小心打开了格雷戈尔房间的门。

Ce n'était pas par curiosité particulière à propos de la pièce.

并非出于对房间的特别好奇。

Elle faisait simplement son travail et a ouvert la porte par hasard.

她当时只是在做她的工作，碰巧打开了门。

Gregor, bien sûr, fut complètement surpris par elle.

当然，格里高尔对她感到非常惊讶。

Il n'était pas poursuivi, mais il courait d'avant en arrière.

他并没有被追赶，但他来回跑动。

Elle croisa simplement les bras et le regarda ramper.

她只是抱起双臂，看着他爬行。

Depuis lors, elle lui entrouvrait toujours un peu la porte.

从那以后，她总是会给他留一条缝隙。

Un matin, elle a jeté un coup d'œil pour voir comment il allait.

一天早上，她进去看了看他的情况。

Et le soir, elle est allée prendre de ses nouvelles avant de partir.

晚上她离开前还去看望了他。

Au début, elle a aussi essayé de l'appeler pour qu'il vienne la rejoindre.

起初她还试图叫他过来。

« Viens par ici, vieux bousier ! » disait-elle.

"过来，老粪金龟！"她过去常这样说。

Ou bien elle disait, amicalement : « Regardez ce vieux bousier ! »

或者她友好地说："看，那只老粪金龟！"

Gregor n'a jamais réagi lorsqu'on lui parlait de cette façon.

格里高尔对别人那样跟他说话从来没有回应过。

Il resta là, immobile, et l'ignora.

他一动不动地站在那里，对她不理不睬。

« Si seulement on lui avait expliqué comment faire correctement son travail. »

"要是有人告诉她如何正确地完成工作就好了。"

« Au lieu de me déranger, elle devrait nettoyer ma chambre. »

"与其来烦我，她不如去打扫我的房间。"

Tôt le matin, une forte pluie a frappé les fenêtres.

一天清晨，一场暴雨拍打着窗户。

Peut-être la pluie était-elle déjà un signe du printemps à venir.

或许这场雨已经预示着春天即将到来。

La bonne recommença à lui parler de cette façon.

女仆又开始用那种方式跟他说话了。

Gregor était tellement amer qu'il se tourna vers elle.

格里高尔非常愤恨，他转过身面对她。

Il était lent et infirme, mais c'était une sorte d'attaque.

他行动迟缓，身体虚弱，但这算是一种攻击。

La bonne, en revanche, n'avait absolument pas peur de Gregor.

然而，女仆却一点也不害怕格里高尔。

Au lieu de cela, elle souleva une chaise qui se trouvait près de la porte.

她没有搬椅子，而是搬起了门口附近的一把椅子。

Et elle resta là, calmement, la bouche grande ouverte.

她站在那里，神态平静，嘴巴大张着。

Ses intentions étaient claires, même Gregor pouvait le voir.

她的意图很明确，连格里高尔都能看出来。

Et il se retourna lentement pour reprendre sa position initiale.

他缓缓地转过身，回到了原来的位置。

« Donc vous ne voulez pas vous approcher davantage, n'est-ce pas ? »

“所以你不想再靠近了，是吗？”

Et elle remit discrètement la chaise dans le coin.

她静静地把椅子放回角落里。

Gregor ne mangeait presque plus rien.

格里高尔几乎什么都不吃了。

Parfois, lors de ses promenades dans la pièce, il s'arrêtait.

有时，他在房间里踱步时会停下来。

Et il se retrouva à côté du repas qui lui avait été préparé.

他发现自己站在为他准备的食物旁边。

Il mit la nourriture dans sa bouche, mais seulement pour jouer avec.

他把食物放进嘴里，但只是为了玩弄它。

Et bien souvent, il le recrachait quelques heures plus tard.

而且他经常过几个小时又把食物吐出来。

Il essaya de trouver une raison à son manque d'appétit.

他试图找出自己食欲不振的原因。

Peut-être parce qu'il était triste de l'état de sa chambre.

或许是因为他对自己房间的状况感到难过。

Mais il s'était fait à l'idée des changements survenus dans la pièce.

但他已经接受了房间里的变化。

Récemment, sa chambre était devenue une sorte de débarras.

最近他的房间变成了储藏室。

Ils avaient pris l'habitude de laisser des choses là.

他们已经养成了把东西留在那里的习惯。

Et il restait maintenant beaucoup de choses de ce genre dans sa chambre.

现在他的房间里还剩下了很多这样的东西。

Parce qu'une chambre de l'appartement avait été louée.

因为公寓里有一间房间租出去了。

Trois messieurs sérieux louaient la chambre ensemble.

三位认真负责的男士合租了这间房间。

Gregor les avait aperçus un jour à travers une fente dans la porte.

格里高尔有一次透过门缝看到了他们。

Ils portaient des barbes fournies et étaient habillés avec un soin méticuleux.

他们蓄着浓密的胡须，衣着考究。

Ils étaient scrupuleux quant à la propreté des lieux.

他们一丝不苟地保持着整洁。

Leur obsession pour la propreté ne s'arrêtait pas à leur chambre.

他们对整洁的执着并不仅限于他们的房间。

L'appartement entier devait être maintenu d'une propreté impeccable.

整套公寓必须保持一尘不染。

Ils étaient encore plus pointilleux sur l'apparence de la cuisine.

他们对厨房的装修要求更高。

Et ils ne supportaient aucun encombrement inutile.

他们无法容忍任何不必要的杂物。

Ils avaient également apporté leurs propres meubles.

他们还自带了家具。

C'est pourquoi beaucoup de choses étaient devenues superflues.

因此，许多东西都变得多余了。

C'était des choses pour lesquelles personne n'aurait payé.

这些东西没人会花钱买。

Mais la famille ne voulait pas non plus se débarrasser de ces objets.

但家人也不想丢弃这些东西。

Tous ces objets ont fini quelque part dans la chambre de Gregor.

这些东西最终都进了格里高尔的房间。

Le cendrier de la cuisine se trouvait désormais dans sa chambre.

厨房的烟灰缸现在放在他的房间里。

Et les ordures étaient entreposées dans sa chambre jusqu'au jour de la collecte.

垃圾一直堆放在他的房间里，直到收垃圾的日子才清理。

La bonne a jeté dans sa chambre tout ce dont elle n'avait pas besoin.

女佣把她不需要的东西都扔进了他的房间。

Heureusement, il n'a vu que la main et l'objet.

幸运的是，他只看到了那只手和那个东西。

Elle comptait probablement revenir chercher les affaires plus tard.

她可能打算晚点再回来取那些东西。

Ou peut-être voulait-elle tout jeter d'un coup.

或许她想一次性把所有东西都扔掉。

Cependant, tout est resté là où il s'était initialement posé.

然而，一切都还停留在它最初落脚的地方。

À moins que Gregor n'ait déplacé les débris en se faufilant à travers.

除非格雷戈尔钻过那些杂物，把它们挪开。

Au début, il a été obligé de ramper à travers tous les détritus.

起初他只能在垃圾堆里爬来爬去。

Il lui était impossible d'éviter cela.

他别无选择，只能这样做。

Mais plus tard, il a finalement trouvé du plaisir dans cette activité.

但后来他却从这项活动中找到了乐趣。

Bien que ces efforts l'aient laissé triste et profondément fatigué.

虽然这样的努力让他感到悲伤和疲惫不堪。

Et ensuite, il est resté incapable de bouger pendant de nombreuses heures.

之后他好几个小时都动弹不得。

Les locataires prenaient parfois leurs repas dans le salon.

房客们有时会在客厅里吃饭。

La porte du salon restait fermée ces soirs-là.

那些晚上，客厅的门一直关着。

Mais Gregor n'avait aucune difficulté à ne pas ouvrir la porte à présent.

但格里高尔现在毫不费力地就没开门。

Même lorsque la porte était ouverte, il ne regardait pas toujours dehors.

即使门开着，他也不总是向外看。

Mais il s'allongea dans le coin le plus sombre de la pièce.

但他却躲到了房间最黑暗的角落里。

La famille n'a pas non plus remarqué son manque d'attention.

家人也没有注意到他注意力不集中。

Mais une fois, la bonne a laissé la porte ouverte.

但有一次，女佣忘记关门了。

La porte est restée ouverte même au retour des locataires.

即使房客回来后，门仍然敞开着。

Et la porte était ouverte quand la lumière a été allumée.

打开灯的时候，门是开着的。

L'homme était assis à la table où la famille dînait.

男人坐在家人吃饭的桌子旁。

Autrefois, père, mère et Gregor étaient assis là.

很久以前，父亲、母亲和格里高尔就坐在那里。

Ils déplièrent les serviettes et prirent des couteaux et des fourchettes.

他们展开餐巾，拿起刀叉。

La mère apparut sur le seuil avec un bol de viande.

母亲端着一碗肉出现在门口。

Puis sa sœur est entrée avec un bol plein de pommes de terre.

然后姐姐端着一碗土豆走了进来。

Les locataires se penchèrent sur les bols placés devant eux.

房客们弯下腰，对着摆在面前的碗吃饭。

L'épaisse fumée des aliments leur montait jusqu'au nez.

食物冒出的浓烟呛得他们直冒鼻涕。

Mais ils n'avaient pas encore décidé s'ils allaient manger.

但他们还没决定是否要吃这些食物。

Peut-être renverraient-ils le plat en cuisine.

或许他们会把饭菜送回厨房。

L'homme assis au milieu semblait être l'autorité.

坐在中间的那个人看起来像是权威人士。

Il a coupé la viande pour déterminer si elle était suffisamment tendre.

他切开肉来判断它是否足够嫩。

Il était satisfait de l'odeur et de l'apparence des aliments.

他对食物的香味和色香味都很满意。

La mère et la sœur les observaient avec anxiété.

母亲和姐姐一直焦急地看着她们。

Et ils commencèrent à sourire, poussant un soupir de soulagement accumulé.

他们长舒一口气，脸上露出了久久的笑容。

La famille allait elle-même manger dans la cuisine.

一家人打算在厨房吃饭。

Mais avant cela, le père alla voir comment allaient les locataires.

但父亲首先去查看了房客的情况。

Il s'inclina une fois, tenant sa casquette de travail à la main.

他鞠了一躬，手里拿着工作用的帽子。

Et il fit le tour de la table, saluant chaque invité.

他绕着桌子走了一圈，走到每位客人面前。

Les locataires se levèrent tous en marmonnant dans leur barbe.

房客们都站了起来，对着胡须低声嘟囔着。

Après son départ, ils mangèrent dans un silence presque complet.

他离开后，他们几乎全程沉默地吃完了饭。

Gregor trouvait étrange d'entendre des bruits de mastication.

格里高尔觉得很奇怪，他竟然能听到咀嚼声。

Aucun autre aspect du repas ne semblait produire le moindre son.

进食过程中其他方面似乎都没有发出任何声音。

Mais il pouvait distinctement entendre des dents grincer.

但他能清楚地听到牙齿摩擦的声音。

Ils semblaient lui dire qu'il avait besoin de dents pour manger.

他们似乎在告诉他，他需要牙齿才能吃东西。

« On ne peut rien faire si on n'a plus de dents dans la mâchoire. »

"如果你的下巴没有牙齿，你就什么也做不了。"

« J'aimerais manger quelque chose », dit Gregor avec anxiété.

"我想吃点东西，"格里高尔焦急地说。

« Mais je n'ai aucun appétit pour ce que vous mangez tous. »

"但我对你们吃的东西一点胃口都没有。"

« Regardez ces locataires manger, et moi je meurs de faim. »

"看看这些房客吃什么，而我却在这里挨饿。"

Ce soir-là, Gregor pensait justement au violon.

那天晚上，格里高尔碰巧想到了小提琴。

Il n'avait plus entendu le violon depuis la transformation.

自从那次变身之后，他就再也没听过小提琴声了。

Mais ce soir-là, un bruit est venu de la cuisine.

但是，就在今天晚上，厨房里传来了一个声音。

Les messieurs avaient déjà terminé leur repas du soir.

先生们已经用完了晚餐。

L'homme du milieu avait commencé à lire un journal.

中间那位先生开始读报纸。

Il avait donné une feuille à chacun des deux autres messieurs.

他给了另外两位先生每人一张床单。

Et maintenant, ils étaient affalés en arrière, en train de lire et de fumer.

现在他们靠在椅背上，一边看书一边抽烟。

Lorsque le violon commença à jouer, ils devinrent attentifs.

小提琴响起时，他们都集中注意力听了起来。

Ils se levèrent et marchèrent sur la pointe des pieds jusqu'à la porte de l'antichambre.

他们站起身，踮着脚尖走到前厅门口。

Ils se tenaient là, blottis les uns contre les autres, écoutant à la porte.

他们挤在一起，站在门口侧耳倾听。

La famille a dû entendre les hommes qui étaient dans la cuisine.

家人肯定是从厨房里听到了男人的声音。

Car le père les appela et leur demanda :

因为父亲呼唤他们，问他们；

« Le violon ne serait-il pas inconfortable pour ces messieurs ? »

"小提琴对先生们来说可能不太舒服吗？"

« Si la musique ne vous plaît pas, on peut s'arrêter immédiatement. »

"如果你不喜欢这种音乐，我们可以立刻停止。"

« Au contraire », dit celui du milieu des messieurs.

"恰恰相反，"中间那位先生说道。

« La jeune fille aimerait-elle jouer du violon dans notre chambre ? »

"这位小姐愿意来我们房间拉小提琴吗？"

« C'est nettement plus confortable et chaleureux ici. »

"这里确实舒适得多。"

Le père répondit comme s'il était lui-même le violoniste.

父亲的回答仿佛他自己就是那位小提琴手。

« Oh, je vous en prie, ce serait merveilleux », s'écria le père.

"哦，那真是太好了！"父亲喊道。

Les messieurs retournèrent au salon et attendirent.

两位先生回到客厅等候。

Peu après, le père entra dans la pièce avec le pupitre.

很快，父亲抱着乐谱架进了房间。

La mère entra dans la pièce avec le livre de musique.

母亲拿着乐谱走进了房间。

Et la sœur entra dans la pièce avec le violon.

妹妹抱着小提琴走进了房间。

Elle a calmement tout préparé pour jouer du violon.

她镇定自若地做好了演奏小提琴的一切准备。

Les parents exagéraient leur politesse et leurs bonnes manières.

父母们过分夸大了他们的礼貌和举止。

Ils n'avaient jamais loué de chambres à des locataires auparavant.

他们以前从未将房间出租给房客。

Et ils n'osaient même pas s'asseoir sur leurs propres chaises.

他们甚至不敢坐在自己的椅子上。

Au lieu de s'asseoir, le père s'appuya contre la porte.

父亲没有坐下，而是倚靠在门上。

Sa main droite était coincée entre deux boutons de son manteau.

他的右手放在外套的两颗纽扣之间。

Un monsieur a toutefois offert une chaise à la mère.

然而，一位绅士给这位母亲提供了一把椅子。

Mais elle s'assit là où le monsieur avait placé la chaise.

但她还是坐在了那位先生放置椅子的地方。

Et il n'avait pas placé la chaise à un endroit précis.

他并没有特意把椅子放在什么地方。

La mère s'assit donc à l'écart de tout le monde, dans un coin.

于是，母亲独自一人坐在角落里。

Et finalement, la sœur s'est mise à jouer du violon.

最后，妹妹开始拉小提琴。

Les parents, placés de part et d'autre, suivaient attentivement.

双方家长虽然分属不同阵营，但都密切关注着事态发展。

Et ils observaient attentivement chacun des mouvements de sa main.

他们仔细观察着她手的每一个动作。

Gregor était également attiré par le jeu du violon.

格里高尔也被小提琴演奏所吸引。

Et il s'aventura un peu plus loin hors de sa chambre.

于是他冒险走出房间，又往前走了一小段路。

Il avait déjà la tête dans le salon.

他当时已经把头探进了客厅。

Il était très fier d'être très attentionné.

他过去一直以自己非常体贴周到而感到自豪。

Mais récemment, il ne remettait guère en question son manque d'attention.

但最近他几乎没有质疑过自己的疏忽。

Même s'il avait maintenant plus de raisons de se cacher qu'auparavant.

尽管他现在比以前更有理由躲藏起来。

Parce que sa chambre était recouverte de poussière et de saletés diverses.

因为他的房间里满是灰尘和各种污垢。

Le moindre mouvement soulevait toutes sortes d'immondices.

哪怕最轻微的动静都会扬起各种各样的污秽。

Toute cette saleté lui collait à la peau : poussière, cheveux, restes de nourriture.

他身上沾满了污垢：灰尘、毛发、食物残渣。

Il aurait pu frotter la saleté contre le tapis.

他本可以把污垢在地毯上蹭掉。

C'était quelque chose qu'il faisait plusieurs fois par jour.

这是他过去每天都会做好几次的事情。

Mais son indifférence à tout était bien trop grande.

但他对一切事物的漠不关心实在太过强烈。

Il n'avait donc pas peur d'aller un peu plus loin.

所以他并不害怕再向前迈进一步。

Et il s'est installé sur le sol impeccable du salon.

然后他走到客厅一尘不染的地板上。

Cependant, personne ne l'a remarqué, ni ne lui a prêté attention.

然而，没有人注意到他，也没有人理会他。

La famille était complètement absorbée par le concert.

一家人完全沉浸在音乐会中。

Les messieurs, quant à eux, ont d'abord battu en retraite.

另一方面，这些先生们最初选择了退缩。

Et ils se tenaient tout près, derrière le pupitre de la sœur.

他们就站在姐姐的乐谱架后面。

S'ils avaient regardé, ils auraient pu voir les notes de musique.

如果他们仔细看，就能看到音符了。

Cela aurait évidemment perturbé la sœur.

这当然会让妹妹感到不安。

Alors, au lieu de s'asseoir, ils restèrent debout près de la fenêtre.

然后他们站在窗边，而不是坐下。

Les mains dans les poches, ils continuaient à parler.

他们双手插在口袋里，继续交谈。

Ils restèrent là tandis que le père les observait avec anxiété.

他们就那样待在那里，父亲焦急地看着。

On avait l'impression qu'ils avaient d'autres attentes.

人们感觉他们另有打算。

Et il semblait vraiment qu'ils avaient été déçus.

他们看起来确实很失望。

Il semblait qu'ils en avaient assez du spectacle.

他们似乎已经厌倦了这场表演。

Ils avaient laissé le violon troubler leur tranquillité.

他们竟然让小提琴声打扰了他们的宁静。

Et ils ne toléraient la musique que par politesse.

他们只是出于礼貌才容忍这种音乐。

La façon dont ils ont dissipé la fumée était particulièrement troublante.

他们吹散烟雾的方式尤其令人不安。

Et pourtant, elle jouait du violon avec une telle beauté.

然而，她的小提琴拉得却那么美妙。

Son visage était légèrement incliné sur le côté, sur le violon.

她的脸微微侧向一边，贴着小提琴。

Son regard parcourait tristement les lignes de la musique.

她的目光悲伤地沿着乐谱的线条搜寻着。

Gregor se sentait un peu plus attiré par le salon.

格雷戈尔感觉自己被客厅更吸引住了。

Il gardait la tête près du sol, mais regardait vers le haut.

他低着头，但目光却向上看去。

Peut-être que de cette façon, le regard de sa sœur croiserait le sien.

或许这样他就能和妹妹的目光相遇了。

Peut-on vraiment dire qu'il n'était qu'un animal ?

真的能说他只是个动物吗？

Était-il un animal si la musique pouvait le captiver à ce point ?

如果音乐能如此吸引他，那他是不是动物？

Il avait l'impression qu'on lui montrait un chemin vers une nourriture inconnue.

他感觉自己仿佛被指引了一条通往未知滋养的道路。

C'était peut-être là le réconfort qui lui manquait.

或许这就是他所缺乏的营养。

Il était déterminé à rejoindre sa sœur.

他决心要找到他的妹妹。

Il avait envie de tirer sur sa jupe pour attirer son attention.

他想拽拽她的裙子来引起她的注意。

Il voulait lui faire comprendre qu'il l'invitait.

他想给她一个邀请的信号。

« Viens jouer du violon dans ma chambre », aurait-il voulu dire.

他想说："来我房间拉小提琴吧。"

Il souhaitait qu'elle soit récompensée pour sa magnifique musique.

他希望她能因其美妙的音乐而获得奖励。

« Personne ici ne te récompense pour jouer du violon. »

"这里没有人会因为你拉小提琴而奖励你。"

Il ne voulait plus la laisser sortir de sa chambre.

他不想再让她离开他的房间了。

Il voulait qu'elle reste avec lui aussi longtemps qu'il vivrait.

他希望她能陪伴他直到生命的尽头。

Pour la première fois, sa transformation eut un avantage.

他的转变第一次带来了好处。

Sa difformité allait enfin lui être utile.

他的残疾最终将对他有所帮助。

Il voulait être présent simultanément aux quatre portes.

他想同时出现在四个门口。

Il avait envie de les siffler et de leur cracher dessus de tous les côtés.

他恨不得从各个角度朝他们发出嘶嘶声和唾沫。

Sa sœur ne devrait pas être forcée de rester avec lui.

不应该强迫他的妹妹和他住在一起。

Il voulait qu'elle choisisse volontairement de rester avec lui.

他希望她能自愿选择留在他身边。

Elle allait s'asseoir à côté de lui et se pencher vers lui.

她打算坐在他旁边，俯身靠近他。

Et il allait lui parler de l'école de musique.

他正打算告诉她关于音乐学校的事。

Il avait la ferme intention de l'envoyer à l'académie.

他决心送她去那所学院。

Il en aurait parlé à tout le monde à Noël dernier.

去年圣诞节他肯定会把这件事告诉所有人。

Noël était-il déjà passé ?

圣诞节真的已经过去了吗?

Et il n'aurait laissé personne le dissuader.

他绝不会允许任何人劝阻他。

Mais un accident malheureux a tout arrêté.

但随后那场不幸的意外让一切都戛然而止。

La sœur aurait été submergée par l'émotion.

妹妹当时一定会情绪激动不已。

Et Gregor aurait alors grimpé jusqu'à son épaule.

然后格里高尔就会爬到她的肩膀上。

Et il l'aurait réconfortée en l'embrassant dans le cou.

他会亲吻她的脖子来安慰她。

« Monsieur Samsa ! » appela l'homme au milieu au père.

"萨姆萨先生！"中间的男人向父亲喊道。

Il pointait Gregor du doigt.

他用食指指着格里高尔。

Gregor traversait lentement le salon.

格雷戈尔缓缓地穿过客厅的地板。

Le jeu du violon s'est très vite tu.

小提琴声很快停止了。

Celui du milieu sourit à ses amis.

三人中的中间那人朝他的朋友们笑了笑。

Puis il secoua la tête et regarda Gregor.

然后他摇了摇头，回头看了看格里高尔。

Le père aurait pu forcer Gregor à retourner dans sa chambre.

父亲本可以强迫格里高尔回到他的房间。

Mais ce n'était pas la première action qu'il décida d'entreprendre.

但这并非他首先决定采取的行动。

Il estimait qu'il était plus important de calmer ces messieurs.

他认为安抚这些先生们更为重要。

Bien qu'ils ne fussent pas vraiment contrariés par Gregor.

虽然他们其实并没有因为格里高尔而感到生气。

Gregor semblait plus divertissant que le jeu de violon.

格雷戈尔似乎比小提琴演奏更有趣。

Il s'est précipité vers eux, les bras tendus.

他张开双臂，冲向他们。

Il faisait de son mieux pour leur cacher la vue de Gregor.

他竭尽全力掩盖他们对格里高尔的看法。

Et il a essayé de les faire retourner dans leur chambre.

他试图劝他们回到房间里。

Au contraire, cela les a un peu agacés.

这反而让他们有点恼火。

Mais il était difficile de dire exactement ce qui les agaçait.

但很难说究竟是什么惹恼了他们。

Le père gâchait le divertissement de la soirée.

父亲破坏了当晚的娱乐活动。

Mais ils venaient aussi d'apprendre l'existence de leur nouveau colocataire.

但他们也刚刚得知自己有了新的室友。

Ils levèrent les mains comme l'avait fait leur père.

他们像父亲一样举起了手。

Ils ont exigé une explication immédiate du père.

他们要求父亲立即做出解释。

Ils tiraient nerveusement sur leur barbe, cherchant une réponse.

他们焦躁地揪着胡须，想要找到答案。

Et ils reculèrent jusqu'à leur chambre, mais très lentement.

他们慢慢地往回走，回到了自己的房间。

L'interruption avait plongé la sœur dans une sorte de transe.

这次打断使妹妹陷入了恍惚状态。

Elle laissa pendre le violon et l'archet le long de son corps.

她任由小提琴和琴弓垂在身侧。

Et elle regarda la partition comme si elle jouait encore.

她看着乐谱，仿佛还在演奏一样。

Mais soudain, elle est revenue dans la pièce.

但她随即又猛地回到了房间里。

Et elle avait désormais surmonté le sentiment d'être perdue.

她现在已经克服了迷茫感。

Elle a posé l'instrument de musique sur les genoux de sa mère.

她把乐器放在母亲的腿上。

La mère était assise sur la chaise, respirant bruyamment.

母亲坐在椅子上，呼吸沉重。

Et puis la sœur a dû courir dans la pièce voisine.

然后妹妹不得不跑到隔壁房间去。

Elle devait tout préparer pour les messieurs.

她得为这两位先生做好一切准备。

Elle a jeté les couvertures et les coussins en l'air.

她把毯子和靠垫抛向空中。

Et de ses mains expertes, elle a disposé toute la literie.

她用灵巧的双手整理好了所有的床铺。

Elle avait terminé avant que les messieurs n'atteignent la pièce.

她完事的时候，那几位先生还没到房间。

Et elle s'est éclipsée avant de les gêner.

她趁他们不注意溜走了。

Le père semblait prisonnier de son propre entêtement.

这位父亲似乎被自己的固执所控制。

Et il oublia ainsi tout le respect qu'il devait à ses locataires.

于是，他忘记了对房客应有的所有尊重。

Il a insisté sans relâche jusqu'à ce que leur porte-parole s'y oppose.

他不断施压，直到对方发言人提出反对。

Il a tapé du pied avec colère en arrivant à la porte.

他走到门口时，愤怒地跺了跺脚。

Et c'est ainsi qu'il immobilisa le père.

于是，他让父亲哑口无言。

« Par la présente, je déclare », commença-t-il en s'adressant à son propriétaire.

"我在此声明，"他开始对房东说道。

Et il leva la main, regardant toute la famille.

他举起手，环视着全家人。

« En ce qui concerne l'état répugnant de la chambre ; »

"关于房间里令人作呕的状况；"

Et il s'assurait que tous écoutaient ses paroles.

他确保所有人都认真听他讲话。

« Par la présente, je vous informe que je vais libérer ma chambre. »

"我特此通知，我将腾空我的房间。"

Et il a appuyé son propos en crachant par terre.

他甚至还朝地上吐了口唾沫，以进一步表明自己的立场。

« Je ne paierai pas non plus pour les jours que j'ai passés ici. »

"我也不会为我在这里生活的日子付出代价。"

Il n'était cependant pas entièrement satisfait de ce remboursement.

然而，他对这笔退款并不完全满意。

« Et j'envisagerai de formuler d'autres demandes à votre encontre. »

"我还会考虑向你提出其他要求。"

« Croyez-moi, de telles demandes seront très faciles à justifier. »

"相信我，这样的要求很容易就能找到理由。"

Il resta silencieux et regarda droit devant lui, vers son père.

他沉默不语，直直地看着父亲。

Il semblait s'attendre à ce qu'il se passe quelque chose de plus.

他似乎在期待接下来会发生什么事。

En fait, ses deux amis ont immédiatement eu la même idée.

事实上，他的两个朋友也立刻想到了同样的事情。

« Nous annulons également nos réservations de chambres », ont-ils déclaré à l'unisson.

他们异口同声地说："我们也取消了预订。"

Il a alors saisi la poignée de la porte et l'a fermée.

然后他抓住门把手，关上了门。

Et dans un grand fracas, ils s'enfermèrent dans leur chambre.

然后，他们砰的一声关上了门，把自己锁在了房间里。

Le père s'est dirigé en titubant vers sa chaise, les mains tâtonnantes.

父亲跟跄着走到椅子旁，双手摸索着。

Et il se laissa tomber sur la chaise, vaincu.

他颓然地跌坐在椅子上，彻底败下阵来。

On aurait dit qu'il allait faire sa sieste habituelle du soir.

他看起来像是要像往常一样睡个午觉。

Mais sa tête hocha presque comme si elle n'était pas soutenue.

但他的头却几乎像是没有支撑似的，不停地点着。

Et on pouvait voir qu'il ne dormait pas du tout.

很明显，他根本没睡着。

Durant tout ce temps, Gregor n'avait pas bougé de sa place.

在这整个过程中，格里高尔始终没有离开他的位置。

Il était toujours là où les messieurs l'avaient aperçu pour la première fois.

他仍然待在两位先生最初见到他的地方。

Même s'il avait voulu déménager, il trouvait cela impossible.

即使他想搬家，也发现不可能。

À cause de sa déception, ou à cause de sa faim.

或许是因为失望，或许是因为饥饿。

Il était déçu par l'échec de son plan.

他的计划失败让他感到失望。

Et il était affaibli par la faim persistante qu'il ressentait.

他因为长期饥饿而感到虚弱。

Il était certain que tout le monde se retournerait contre lui à tout moment.

他确信所有人随时都会与他反目成仇。

C'est avec cette certitude d'un effondrement imminent qu'il attendit.

怀着这种即将崩溃的预期，他等待着。

Le violon commença à glisser des genoux de sa mère.

小提琴开始从母亲的腿上滑落。

Dans un fracas retentissant, le violon tomba au sol.

小提琴"砰"的一声掉在了地上。

Mais même ce bruit soudain et fracassant ne l'a pas surpris.

但就连这突如其来的巨响也没能吓到他。

« Chers parents, dit la sœur, cela ne peut pas continuer. »

"亲爱的父母，"妹妹说，"这样下去不能再这样下去了。"

Et elle a frappé du poing sur la table pour appuyer ses propos.

为了强调自己的观点，她猛地一拍桌子。

« Je ne prononcerai pas le nom de mon frère devant ce monstre. »

"我不会在这个怪物面前说出我哥哥的名字。"

« C'est pourquoi je le dis aussi crûment que possible : »

"所以我才尽可能直截了当地说："

«Nous n'avons pas d'autre choix que de nous débarrasser de cet animal.»

"我们别无选择，只能除掉这只动物。"

« Nous avons fait de notre mieux pour tolérer et prendre soin de cet animal. »

"我们尽力包容和照顾这只动物。"

« Je ne pense pas que quiconque puisse nous blâmer, même légèrement. »

"我认为任何人都没有丝毫理由责怪我们。"

« Elle a mille fois raison », a acquiescé le père.

"她说的完全正确，"父亲赞同道。

La mère n'avait pas encore complètement repris son souffle.

母亲仍然没有完全恢复呼吸。

Elle se mit à tousser sourdement dans sa main, la respiration lourde.

她开始用手捂着嘴，发出闷闷的咳嗽声，呼吸也变得沉重起来。

Et une expression de folie commença à apparaître dans ses yeux.

她的眼中开始浮现出疯狂的神色。

La sœur s'est précipitée vers sa mère et lui a pris le front.

妹妹冲到母亲身边，捂住额头。

Les paroles de la sœur semblaient inspirer le père.

父亲似乎被妹妹的话所感动。

Et ses pensées semblaient plus claires qu'auparavant.

他的思路似乎比以前更清晰了。

Il cessa d'acquiescer et se redressa.

他停止点头，重新坐直了身子。

Et il jouait avec la casquette de son serviteur, plongé dans ses pensées.

他若有所思地把玩着仆人的帽子。

Les assiettes des locataires étaient encore sur la table.

租户们用过的盘子还留在桌子上。

Et il regardait parfois vers Gregor, qui restait silencieux.

他有时会看向沉默不语的格里高尔。

« Nous devons essayer de nous en débarrasser », lui dit sa sœur.

“我们必须想办法摆脱它，”姐姐告诉他。

La mère était trop occupée à tousser pour écouter.

母亲咳嗽不止，根本没听见。

« Ça va vous tuer tous les deux, je le vois déjà venir. »

“这会要了你们俩的命，我已经预感到了。”

«Nous ne pouvons pas tous continuer à travailler aussi dur que nous le faisons.»

“我们不可能都继续像现在这样努力工作。”

« Et chaque jour, nous devons rentrer chez nous et subir ce supplice. »

“我们每天都得回家面对这种折磨。”

« Nous n'en pouvons plus. Je n'en peux plus. »

“我们再也无法忍受了。我再也无法忍受了。”

Elle s'est effondrée dans les bras de sa mère, en larmes une dernière fois.

她最后嚎啕大哭，扑进了母亲的怀里。

Les larmes coulèrent sur son visage et sur celui de sa mère.

泪水顺着她的脸颊滑落，滴在了她母亲的脸上。

Et elle essuya ses larmes d'un geste machinal.

她机械地擦掉了眼泪。

« Mon enfant », dit le père d'une voix compatissante.

"我的孩子，"父亲用充满怜悯的语气说道。

Il y avait une profonde sympathie et une grande compréhension dans sa voix.

他的声音里充满了深切的同情和理解。

« Mais que devons-nous faire ? » avoua-t-il ne pas savoir.

"可是我们该怎么办呢？"他坦言自己也不知道。

La sœur haussa simplement les épaules, impuissante.

姐姐无奈地耸了耸肩。

Et sa confiance d'antan fit de nouveau place aux larmes.

她之前的自信再次被泪水取代。

« Si seulement il nous comprenait », dit le père à voix haute.

"要是他能理解我们就好了，"父亲自言自语道。

Et il se demandait à moitié si Gregor avait compris.

他不禁怀疑格里高尔是否听懂了。

La sœur lui a secoué la main violemment en pleurant.

姐姐一边哭一边用力甩着手。

Elle a donc indiqué qu'il ne fallait pas envisager cette idée.

于是她示意大家不要考虑这个想法。

« Mais si seulement il nous comprenait », répéta le père.

"可是，如果他能理解我们就好了，"父亲重复道。

Les yeux fermés, il réfléchit à la réponse de sa sœur.

他闭上眼睛，思考着妹妹的回答。

« S'il comprenait qu'un accord pouvait être conclu avec lui. »

"如果他明白这一点，就可以和他达成协议。"

« Mais vu la situation actuelle… »

"但鉴于目前的情况……"

«Il faut l'enlever,» s'écria la sœur, «c'est la seule solution.»

"它必须离开，"姐姐喊道，"这是唯一的办法。"

«Il faut vous débarrasser de l'idée que c'est Gregor.»

"你必须摒弃他是格里高尔的想法。"

« Notre véritable malheur, c'est d'y avoir cru si longtemps. »

"我们竟然这么久都相信了这件事，这才是我们真正的不幸。"

« Mais comment est-ce possible que ce soit Gregor ? » demanda-t-elle à son père.

"可是怎么会是格里高尔呢？"她问父亲。

« Il savait qu'un tel animal ne pouvait pas coexister avec les humains. »

"他知道这种动物无法与人类共存。"

« Gregor nous aurait quittés depuis longtemps, volontairement. »

"格里高尔本该很久以前就自愿离开我们了。"

« C'est vrai, nous n'aurions alors plus de frère. »

"没错，那样的话我们就没有兄弟了。"

« Mais nous pourrions continuer à vivre et à honorer sa mémoire. »

"但我们可以继续生活下去，缅怀他。"

« Mais cette bête nous poursuit et chasse nos locataires. »

"但这头野兽追赶我们，赶走了我们的房客。"

« De toute évidence, il veut s'emparer de tout l'appartement. »

"它显然想占领整套公寓。"

« Cette bête veut nous faire dormir dans la rue. »

"这头野兽想让我们睡在街头。"

« Regarde, papa, » s'écria-t-elle soudain, « il bouge à nouveau ! »

"爸爸，你看！"她突然喊道，"他又动了！"

Et elle fit quelque chose que même Gregor ne put comprendre.

她做了一件连格里高尔都无法理解的事。

Elle se repoussa, comme pour sacrifier sa mère.

她推开自已，仿佛要牺牲母亲一般。

Et elle a couru derrière son père pour trouver une sorte de sécurité.

她为了寻求某种安全感，就跟在父亲身后跑去。

Le père n'était agité que parce que sa fille l'était.

父亲之所以焦躁不安，只是因为女儿焦躁不安。

Mais lui aussi se leva et leva les bras au-dessus d'elle.

但随后他也站了起来，举起双臂护住她。

Mais Gregor n'avait aucune intention d'effrayer qui que ce soit.

但格里高尔并没有想吓唬任何人。

Il n'avait surtout aucune intention d'effrayer sa sœur.

他尤其没有想过要吓唬他的妹妹。

Il essayait simplement de faire demi-tour pour retourner dans sa chambre.

他当时只是想转身往回走。

Mais, compte tenu de l'aggravation de son état, même cela devenait difficile.

但他的病情不断恶化，就连这都变得困难了。

Et il ne pouvait plus se servir pleinement de ses jambes.

而且他的双腿已经无法完全活动了。

Il utilisa donc sa tête pour soulever son corps et se retourner.

于是他用头顶起身体，转过身去。

Il marqua une pause et chercha l'approbation de sa famille du regard.

他停顿了一下，环顾四周，寻求家人的认可。

Il semble que sa bonne intention ait été reconnue.

他的善意似乎得到了认可。

Son mouvement ne leur avait procuré qu'un choc momentané.

他的举动只是让他们感到了一瞬间的震惊。

À présent, ils le regardaient tous en silence, visiblement malheureux.

现在他们都沉默地、带着不安的神情看着他。

La mère était toujours allongée dans le fauteuil, épuisée.

母亲仍然躺在扶手椅里，筋疲力尽。

Le père et la sœur étaient assis l'un à côté de l'autre.

父亲和妹妹并排坐着。

« Peut-être qu'ils me laisseront faire demi-tour maintenant », pensa Gregor.

"也许现在他们会让我转身了，"格里高尔心想。

Et il continua à effectuer son mouvement de rotation maladroit.

他继续做出那个笨拙的转身动作。

Il ne pouvait réprimer les halètements occasionnels dus à l'effort.

他时不时会忍不住发出用力的喘息声。

Et il a été contraint de se reposer à plusieurs reprises entre-temps.

他期间被迫休息了几次。

Plus personne ne le pressait ; c'était à lui de décider.

现在没有人催他了，一切都由他自己决定。

Finalement, il acheva ce virage lent et douloureux.

最终，他完成了缓慢而痛苦的转弯。

Il se dirigea aussitôt vers sa chambre.

他随即径直走回了自己的房间。

Il était stupéfait de la distance qui le séparait de sa chambre.

他惊讶地发现自己离房间竟然这么远。

Comment, malgré sa faiblesse, avait-il réussi à y parvenir auparavant ?

他虽然身体虚弱，但之前是怎么到达那里的呢？

Il avait emprunté presque le même chemin sans s'en apercevoir.

他几乎走了同样的路却浑然不觉。

Il se concentrait simplement sur le fait de ramper aussi vite qu'il le pouvait.

他现在只专注于尽可能快地爬行。

L'absence de commentaires ne le dérangeait pas.

没有人发表任何评论，这并没有让他感到不安。

Ce n'est que lorsqu'il fut déjà à l'intérieur qu'il tourna la tête.

直到他走进门内，才转过头来。

Mais il n'a pas pu se retourner complètement.

但他却无法完全转身回头看一眼。

Car il sentit sa nuque se raidir encore davantage en se tournant.

因为他转身时感觉脖子更加僵硬了。

Mais il constata que rien n'avait changé derrière lui.

但他发现，身后的一切都没有改变。

La seule différence, c'est que sa sœur s'était levée.

唯一的区别是他妹妹站了起来。

Son dernier regard lui montra que sa mère s'était endormie.

他最后瞥了一眼，发现母亲已经睡着了。

Dès qu'il fut entré dans sa chambre, la porte fut fermée.

他刚一进房间，门就被关上了。

Et dès que la porte fut fermée, le verrouilla.

门一关上，闸门就锁上了。

Gregor fut effrayé par le bruit inattendu derrière lui.

格雷戈尔被身后突如其来的声响吓了一跳。

Et ses jambes fléchirent sous lui, surprises par la soudaineté.

突如其来的惊吓让他双腿一软，瘫倒在地。

C'est sa sœur qui s'était précipitée vers la porte derrière lui.

是他妹妹冲到他身后的门口。

Elle s'était déjà dressée, et l'attendait.

她已经笔直地站在那里，等着他。

Elle fit alors un petit saut en avant sans que Gregor ne l'entende.

然后，她轻盈地向前跳了一步，格里高尔没有察觉。

« Enfin ! » s'écria-t-elle en tournant la clé.

"终于！"她一边转动钥匙一边大声喊道。

« Et maintenant ? » se demanda Gregor, seul dans l'obscurité.

"现在怎么办？"格里高尔独自一人在黑暗中自言自语道。

Il s'aperçut bientôt qu'il ne pouvait plus bouger du tout.

他很快发现自己完全动弹不得了。

Mais son immobilité ne le surprenait pas vraiment.

但他对自己的行动不便并没有感到意外。

Pouvoir se déplacer sur des jambes aussi fines semblait ridicule.

用这么细的腿走路似乎很荒谬。

Il ne savait pas comment il avait pu y parvenir.

他不知道自己以前是怎么做到的。

Mais à part ça, il se sentait relativement à l'aise.

但除此之外，他感觉还算舒适。

Il est vrai qu'il ressentait une douleur intense dans tout le corps.

他的确感到全身剧痛。

Mais la douleur semblait s'atténuer de plus en plus.

但疼痛似乎越来越弱了。

Et il avait l'impression que la douleur finirait par disparaître.

他觉得这种疼痛最终会消失。

Il sentait à peine la pomme pourrie dans son dos.

他几乎感觉不到背上那颗烂苹果了。

Il repensa à sa famille avec émotion et amour.

他满怀深情地回忆起家人。

Il ressentait les émotions de sa sœur encore plus intensément qu'elle.

他比妹妹更能感受到她的情绪。

Elle avait raison ; il devait partir.

她说的没错，他必须离开。

Il passa quelque temps dans cet état désert et paisible.

他在这种空旷而宁静的环境中待了一段时间。

L'horloge sonna trois fois, doucement mais fermement.

时钟轻轻地敲了三下，声音沉稳而有力。

Gregor fut doucement tiré de ses pensées.

格里高尔被轻轻地从沉思中拉了出来。

Il regarda la lumière du matin pénétrer lentement dans sa chambre.

他看着晨光缓缓照进房间。

Puis sa tête s'affaissa complètement, malgré lui.

然后，他的头不由自主地垂了下去。

Et son dernier souffle s'échappa faiblement de ses narines.

他最后一口气从鼻孔里微弱地流了出来。

La femme de chambre est entrée dans sa chambre tôt le matin.

女佣一大早就进了他的房间。

Elle n'a rien trouvé d'inhabituel lors de sa courte visite habituelle.

在她例行的短暂访问中，她没有发现任何异常。

À bout de forces et dans la précipitation, elle claqua toutes les portes.

她凭着一股劲儿和慌乱，砰地一声关上了所有的门。

Il était impossible de dormir paisiblement dans tout l'appartement.

整个公寓里都无法让人安睡。

On lui avait demandé d'éviter de faire cela le matin.

她被要求早上不要这样做。

Elle pensait qu'il restait allongé là, immobile, exprès.

她以为他是故意一动不动地躺在那里。

Peut-être voulait-il lui montrer qu'il était offensé.

或许他是想向她表明他感到被冒犯了。

Elle lui faisait confiance et pensait qu'il était doté d'une intelligence hors du commun.

她相信他拥有各种各样的智慧。

Il se trouve qu'elle tenait le long balai à la main.

她碰巧手里拿着那把长扫帚。

Alors, depuis la porte, elle essaya de chatouiller un peu Gregor.

于是，她站在门口，试着挠格里高尔的痒痒。

Elle était un peu agacée qu'il ne réponde pas du tout.

她有点恼火，因为他完全没有回应。

Alors cette fois, elle le poussa un peu plus fermement.

所以这次她更用力地推了他一下。

Comme il n'opposait aucune résistance, elle l'examina de plus près.

他没有反抗，她便仔细地看了看。

Elle comprit rapidement ce qui était réellement arrivé à Gregor.

她很快意识到格里高尔身上究竟发生了什么事。

Elle ouvrit davantage les yeux et siffla pour elle-même.

她睁大了眼睛，吹了声口哨。

Mais elle n'a pas tardé à ouvrir la porte.

但她并没有耽搁太久就打开了门。

Et elle cria d'une voix forte dans l'obscurité :

她对着黑暗大声喊道：

«Viens voir, il est là, complètement mort.»

"快来看看，它躺在那儿，彻底死了。"

Les deux parents étaient assis bien droits dans leur lit conjugal.

这对父母笔直地坐在他们的婚床上。

Il leur fallait d'abord surmonter le choc du bruit.

首先，他们必须克服噪音带来的冲击。

Mais peu à peu, ils ont commencé à comprendre son message.

但后来他们慢慢开始理解她的意思了。

Monsieur et Madame Samsa ont chacun sauté de leur côté du lit.

萨姆萨先生和萨姆萨太太各自从床的一侧跳了起来。

M. Samsa jeta l'épaisse couverture sur ses épaules.

萨姆萨先生把厚毯子披在肩上。

Et Mme Samsa sortit vêtue uniquement de sa chemise de nuit.

萨姆萨太太只穿着睡衣就出来了。

C'est ainsi qu'ils entrèrent dans la chambre de Gregor.

他们就这样进入了格里高尔的房间。

Entre-temps, la porte du salon s'était également ouverte.

与此同时，客厅的门也开了。

Grete y dormait depuis l'emménagement des locataires.

自从房客搬进来后，格雷特就一直睡在那里。

Elle était entièrement habillée comme si elle n'avait pas dormi du tout.

她衣着整齐，好像根本没睡过觉似的。

Son visage pâle semblait également témoigner de son manque de sommeil.

她苍白的脸色似乎也证明了她睡眠不足。

« Il est mort ? » demanda Mme Samsa en regardant la bonne.

"他死了吗？"萨姆萨太太看着女佣问道。

Elle aurait pu le confirmer en le regardant elle-même.

她本来可以自己看看他，就能证实这一点。

« Je le crois », dit la bonne en ramassant le balai.

"我想是的，"女仆说着，拿起扫帚。

Et elle a poussé son corps sur une longue distance à travers le sol.

她把他的身体推了出去，使其在地板上滑行了很远。

Mme Samsa fit un mouvement comme si elle voulait l'arrêter.

萨姆萨太太做了个动作，好像要阻止她。

Mais finalement, elle a laissé la bonne faire glisser Gregor.

但最终她还是让女仆带着格里高尔到处走动。

« Eh bien, » dit M. Samsa, « enfin nous pouvons remercier Dieu. »

"好吧，"萨姆萨先生说，"我们终于可以感谢上帝了。"

Il fit le signe de croix : tête, poitrine, épaules.

他做了个十字圣号：头、胸、肩。

Et les trois femmes suivirent son exemple religieux.

这三位女性也效仿了他的宗教信仰。

Grete, qui ne quittait pas le cadavre des yeux, dit :

格雷特目不转睛地盯着尸体，说道：

«Regardez comme il est maigre, il n'a pas mangé depuis si longtemps.»

"你看他多瘦啊，他很久没吃东西了。"

« La nourriture que je lui laissais chaque matin restait toujours intacte. »

"我每天早上留给他的饭菜总是原封不动。"

En fait, le corps de Gregor était complètement plat et sec.

事实上，格里高尔的尸体完全扁平且干燥。

C'était plus visible maintenant qu'il était au sol.

他倒在地上后，这一点就更加明显了。

Parce que son corps n'était plus soutenu par ses jambes.

因为他的身体已经无法靠双腿支撑起来了。

Et parce que rien d'autre ne venait distraire la vue.

因为周围没有任何其他事物分散注意力。

«Viens avec nous un moment, Grete», dit Mme Samsa.

"格雷特，进来和我们待一会儿吧，"萨姆萨太太说。

Un sourire douloureux se dessinait sur ses lèvres lorsqu'elle parlait.

她说话时，嘴角挂着一丝痛苦的微笑。

Grete les suivit, mais jeta aussi un coup d'œil en arrière au cadavre.

格雷特跟着他们，但也不时回头看了一眼尸体。

La bonne ferma la porte et ouvrit grand la fenêtre.

女佣关上门，把窗户完全打开。

Il était encore tôt, l'air était donc normalement froid.

当时时间还早，所以空气通常会比较冷。

Mais il y avait aussi un mélange de chaleur dans l'air froid.

但寒冷的空气中也夹杂着一丝暖意。

Comme un doux rappel que c'était désormais la fin du mois de mars.

仿佛轻轻地提醒我们，三月已经结束了。

Les trois locataires sortirent alors eux aussi de leur chambre.

这时，三位房客也走出了房间。

Ils cherchèrent leur petit-déjeuner avec étonnement.

他们惊奇地四处张望，寻找早餐。

Le petit-déjeuner a été oublié à cause de ce que la femme de chambre a trouvé.

因为女佣发现了那件事，早餐被遗忘了。

« Où est le petit-déjeuner ? » grommela l'homme du milieu.

"早餐呢？"中间那位先生抱怨道。

La bonne porta son doigt à sa bouche pour demander le silence.

女仆把手指放在嘴唇上，示意安静。

Et elle salua les messieurs d'un geste rapide et silencieux.

她匆匆默默地向两位先生挥了挥手。

La servante fit entrer les trois messieurs dans la pièce.

女仆领着三位男士进了房间。

Et elle a continué à leur expliquer ce qui s'était passé.

她继续向他们解释发生了什么事。

Et les trois messieurs se tinrent autour du corps de Gregor.

三位先生围着格里高尔的尸体站着。

Les mains dans les poches, ils baissèrent les yeux.

他们双手插在口袋里，低头看着前方。

La lumière du matin inondait désormais complètement la pièce.

晨光已经完全照亮了整个房间。

La porte de la chambre s'ouvrit alors et M. Samsa apparut.

这时卧室门开了，萨姆萨先生出现了。

D'un côté se trouvait sa femme, et de l'autre sa fille.

一边是他的妻子，另一边是他的女儿。

M. Samsa portait déjà son uniforme.

萨姆萨先生此时已经穿好了制服。

On pouvait voir qu'ils avaient tous un peu pleuré.

可以看出，他们都哭过一会儿。

Grete pressa son visage contre le bras de son père.

格雷特把脸贴在父亲的胳膊上。

« Quittez mon appartement immédiatement ! » ordonna M. Samsa.

"立刻离开我的公寓！"萨姆萨先生命令道。

Et il désigna la porte sans laisser partir les femmes.

他指着门，却没有放开那两个女人。

« Que voulez-vous dire ? » demanda l'intermédiaire, déconcerté.

"你这话是什么意思？"中间人困惑地问道。

Et il fit de son mieux pour sourire gentiment à M. Samsa.

他尽力对萨姆萨先生露出甜美的笑容。

Les deux autres tenaient leurs mains derrière leur dos.

另外两人将双手背在身后。

Et ils se frottèrent les mains d'impatience.

他们搓着手，满怀期待。

Ils semblaient s'attendre à une violente dispute.

他们似乎预料到会发生一场激烈的争吵。

Mais ils semblaient se réjouir de la dispute à venir.

但他们似乎对即将到来的争论感到高兴。

Ils pensaient que le litige tournerait à leur avantage.

他们认为这场纠纷会对他们有利。

« Je maintiens exactement ce que je viens de dire », a répondu M. Samsa.

"我的意思就是我刚才说的那个意思，"萨姆萨先生回答道。

Il marchait en ligne droite avec ses deux compagnons.

他和两个同伴排成一列走去。

Et M. Samsa s'est adressé directement à leur responsable.

萨姆萨先生直接找到了他们的领头人。

Le monsieur resta d'abord immobile, le regard fixé au sol.

这位先生起初只是站在那里，低头看着地面。

Le contenu de sa tête était encore en train de se réorganiser.

他脑子里的想法还在整理之中。

« Très bien, nous y allons », dit-il en levant les yeux vers M. Samsa.

"好吧，我们去，"他说着，抬头看向萨姆萨先生。

Une nouvelle humilité semblait l'avoir soudainement envahi.

他似乎突然变得谦逊起来。

Et il semblait demander la permission pour cette décision.

他似乎是在为这个决定征求许可。

M. Samsa ouvrit grand les yeux et hocha légèrement la tête.

萨姆萨先生睁大了眼睛，轻轻点了点头。

Les messieurs obéirent immédiatement à son ordre.

这些先生们立即遵照他的命令行事。

Et ils ont effectivement fait de longues enjambées dans le couloir.

他们迈着大步走进了走廊。

Ses amis avaient déjà cessé de se frotter les mains.

他的朋友们已经停止搓手了。

Ils avaient écouté le déroulement de la conversation.

他们一直在偷听谈话内容。

Et maintenant, ils couraient après lui, comme pris de peur.

他们现在正追着他跑，仿佛很害怕似的。

M. Samsa pourrait encore les isoler de leur chef.

萨姆萨先生或许仍会让他们与他们的领导人隔离开来。

Ils ont sorti leurs bâtons du récipient.

他们从棍子盒里抽出棍子。

Et ils s'inclinèrent en silence avant de quitter l'appartement.

他们默默鞠躬后离开了公寓。

M. Samsa et les deux femmes sortirent sur le parvis.

萨姆萨先生和两位女士走出了前院。

Mais en réalité, ils n'avaient aucune raison de se méfier de ces hommes.

但实际上，他们没有任何理由不信任这些人。

Ils s'appuyèrent sur la rambarde pour vérifier s'ils étaient partis.

他们倚在栏杆上，查看他们是否已经离开。

Les trois messieurs descendaient effectivement les escaliers.

这三位先生确实正在下楼梯。

Ils disparurent dans un virage de l'escalier.

在楼梯的某个拐角处，他们消失了。

Puis l'escalier les ramena à la vue.

然后，楼梯又把他们带回了视线中。

Ce phénomène d'apparition et de disparition se répétait à chaque étage.

这种出现和消失的现象在每一层楼都会重复发生。

Mais finalement, ils étaient presque arrivés au fond.

但最终他们几乎已经查明了真相。

Plus ils avançaient, moins ils étaient intéressants.

他们走得越远，就越无趣。

Tout le monde est rentré à la maison, comme soulagé.

大家都回到了屋里，仿佛如释重负。

Ils décidèrent de profiter de la journée pour se reposer et aller se promener.

他们决定利用这一天休息一下，出去散散步。

Ils estimaient avoir mérité cette pause dans leur travail.

他们觉得自己理应得到这份工作上的休息。

Non seulement ils méritaient cette pause, mais ils en avaient besoin.

他们不仅应该得到这次休息，他们也需要这次休息。

Ils s'assirent à table pour écrire des lettres d'excuses.

他们坐在桌旁写道歉信。

M. Samsa a adressé une lettre d'excuses à sa direction.

萨姆萨先生向他的管理层写了道歉信。

Mme Samsa a écrit sa lettre d'excuses à ses clients.

萨姆萨夫人给她的客户写了一封道歉信。

Et Grete a écrit sa lettre d'excuses à son directeur.

格雷特给校长写了一封道歉信。

Pendant qu'ils écrivaient tous, la bonne entra dans la pièce.

他们都在写作的时候，女佣进了房间。

Son travail du matin était terminé, elle rentrait donc chez elle.

她上午的工作结束了，所以她要回家了。

Les trois écrivains hochèrent d'abord la tête, sans lever les yeux.

三位作家起初只是点了点头，没有抬头。

Mais la bonne ne semblait pas encore vouloir partir.

但女佣似乎还不想离开。

Elle attendit un peu, jusqu'à ce que les trois écrivains lèvent les yeux.

她等了一会儿，直到那三位作家抬起头来。

« Eh bien ? » demanda M. Samsa, en colère, comme l'étaient les autres.

"怎么样？"萨姆萨先生生气地问道，和其他人一样。

La bonne se tenait sur le seuil, un sourire aux lèvres.

女仆面带微笑地站在门口。

Elle donnait l'impression d'avoir de bonnes nouvelles à annoncer.

她给人的印象是似乎有好消息要宣布。

Mais elle n'allait pas partager la nouvelle à moins qu'on ne le lui demande.

但除非有人问起，否则她不会主动透露这个消息。

La plume d'autruche dressée sur son chapeau oscillait légèrement.

她帽子上竖立的鸵鸟羽毛微微摇晃。

Cette plume d'autruche avait toujours agacé M. Samsa.

那根鸵鸟毛一直让萨姆萨先生很恼火。

« Alors, que voulez-vous ? » demanda Mme Samsa, d'un ton ferme.

"那么，你到底想要什么？"萨姆萨太太坚定地问道。

La bonne avait encore beaucoup de respect pour Mme Samsa.

女佣仍然非常尊敬萨姆萨太太。

« Oui », répondit-elle, et elle éclata d'un rire amical.

"是的，"她回答道，并发出了一声友好的笑声。

Un instant, son rire l'empêcha de parler.

她笑了起来，一时说不出话来。

« Tu n'as pas à t'inquiéter pour ce qui se passe chez le voisin. »

"你不用担心隔壁那东西。"

« J'ai déjà prévu comment nous allons nous en débarrasser. »

"我已经安排好如何处理它了。"

Mme Samsa et Grete continuèrent à écrire leurs lettres.

萨姆萨太太和格雷特继续写信。

Mais M. Samsa remarqua que la bonne n'avait pas encore terminé.

但萨姆萨先生注意到女佣还没干完活。

Elle voulait maintenant tout décrire plus en détail.

现在她想把所有事情都描述得更详细一些。

Mais il tendit la main pour repousser ses avances.

但他伸出手拒绝了她的好意。

Elle s'est rendu compte qu'ils n'étaient pas intéressés par ses projets.

她意识到他们对她的计划不感兴趣。

Et puis elle se souvint de la grande précipitation dans laquelle elle avait été.

然后她才想起自己之前有多么匆忙。

« Ciao alors », dit-elle, insultée par ce manque d'intérêt.

"那再见了，"她说道，对对方缺乏兴趣感到很受侮辱。

Mais avant de partir, elle a claqué la porte très fort.

但她离开前狠狠地把门摔上了。

« Elle sera licenciée ce soir », a déclaré M. Samsa.

"她晚上就会被解雇，"萨姆萨先生说。

Mais sa femme et sa fille étaient trop occupées pour lui répondre.

但他的妻子和女儿太忙了，没空回答他。

Parce que la bonne avait troublé leur paix nouvellement acquise.

因为女佣打扰了他们好不容易获得的平静生活。

La mère et la fille se levèrent pour aller à la fenêtre.

母亲和女儿起身走到窗边。

Et, enlacés, ils restèrent là.

他们互相搂着对方，就这样待了下来。

M. Samsa se tourna sur sa chaise pour les regarder.

萨姆萨先生在椅子上转过身去看他们。

Et pendant un moment, il les observa en silence, immobiles là.

他静静地看着他们站在那里，过了好一会儿。

Finalement, il leur cria : « Viendrez-vous à moi ? »

最后他向他们喊道："你们愿意到我这里来吗？"

«Oublions tout ça, d'accord ?»

"咱们就把那些旧事都忘了吧。"

«Viens à moi et accorde-moi un peu d'attention.»

"过来，给我一点关注。"

Les deux femmes firent ce qu'il leur avait dit et se précipitèrent vers lui.

两个女人照他说的做了，赶紧跑到他身边。

Ils lui ont fait une accolade affectueuse et l'ont embrassé.

他们给了他一个热情的拥抱，并亲吻了他。

Ils retournèrent rapidement pour terminer la rédaction de leurs lettres.

他们很快回去继续写信。

Puis, tous les trois, ils quittèrent l'appartement ensemble.

然后他们三人一起离开了公寓。

Ils n'étaient pas sortis ensemble depuis des mois.

他们已经好几个月没有一起出门了。

Et ils prirent le tramway jusqu'à la périphérie de la ville.

他们乘有轨电车去了市郊。

Ils avaient toute la rame du tramway pour eux seuls.

他们独享了整节电车车厢。

La lumière du soleil inondait la pièce par la fenêtre.

阳光透过窗户从外面倾泻而入。

La famille se cala confortablement dans ses sièges.

一家人舒适地靠在椅背上。

Et ils ont discuté de leurs perspectives d'avenir.

他们讨论了未来的前景。

À y regarder de plus près, leurs perspectives n'étaient pas mauvaises.

仔细分析后发现，他们的前景并不差。

Tous les trois occupaient des emplois qui leur permettraient de gagner davantage.

他们三人都有可能赚更多钱的工作。

Ils ne s'étaient jamais interrogés l'un sur l'autre concernant leur travail.

他们从未互相询问过对方的工作情况。

Mais maintenant, ils avaient enfin le temps de discuter de ces choses-là.

但现在他们终于有时间讨论这些事情了。

Ils avaient également la possibilité de déménager dans un appartement plus petit.

他们也可以选择搬到面积较小的公寓。

Cela aurait le plus grand impact sur leur vie.

这将对他们的生活产生最大的影响。

Leur appartement actuel avait été choisi par Gregor.

他们现在的公寓是格雷戈尔挑选的。

Mais maintenant, ils pourraient déménager dans un endroit plus abordable.

但现在他们可以搬到更便宜的地方了。

Un appartement plus petit, mais dans un endroit plus pratique.

公寓面积小一些，但更实用。

Parler de l'avenir a redonné vie à Grete.

谈论未来让格雷特又恢复了活力。

Monsieur et Madame Samsa ont également remarqué d'autres changements chez elle.

萨姆萨夫妇也注意到她身上的其他变化。

Ses joues étaient devenues pâles à cause de tous ses soucis.

她因为忧虑过度，脸色变得苍白。

Mais à présent, leur fille s'épanouissait et devenait une femme remarquable.

但现在他们的女儿已经出落成一位亭亭玉立的淑女。

C'était vraiment une belle et jolie jeune femme, maintenant.

她现在确实是一位身材匀称、容貌姣好的年轻女性。

Ses parents se turent et admirèrent leur fille.

她的父母沉默不语，默默地欣赏着自己的女儿。

Ils échangèrent un regard, communiquant inconsciemment.

他们不自觉地对视了一眼，交流在进行。

« Il sera bientôt temps de lui trouver un homme bien. »

"很快就该给她找个好男人了。"

Le tramway était arrivé à destination et avait ralenti.

电车到达目的地后减速。

Leur fille semblait confirmer leurs nouveaux rêves.

他们的女儿似乎印证了他们的新梦想。

Elle fut la première à se lever et à étirer son jeune corps.

她是第一个站起来伸展她年轻身体的人。